R.P.Gruber

Das Schilcher ABC

Reinhard P. Gruber, geboren 1947 in Fohnsdorf, Studium in Wien (1966–73), dann in Graz Zeitungsarbeit, seit 1977 als Schriftsteller in Stainz. Werke: »Aus dem Leben Hödlmosers« (1973), »Alles über Windmühlen« (1978), »Im Namen des Vaters« (1979), »Heimwärts einwärts« (1980), »Die grüne Madonna« (1982), »Vom Dach der Welt« (1987). Mehrere Theaterstücke.

R. P. Gruber

Das Schilcher ABC

Verlag Droschl

Inhalt

Das Schilcher ABC	7
Heimatlos	23
Der Gichtiker in der Weltgegend	55
Weststeirische Novellen	61

DAS SCHILCHER ABC

A SÄTZE

Auf den Luxus des ausschweifenden Denkens haben wir verzichten gelernt. Unsere Ausschweifung liegt nicht im Denken, im Denken schweifen wir nicht. Fern sind uns Ausschweifungen, denn sie sind des Hundes.
Die Sätze, die wir im Munde führen, sind kurz... Unsere Sätze sind kurz, weil die Kürze des Satzes die Würze des Mundes ist, und der Mund soll wahrhaftig sein.
Auch der lange Satz hat bis heute nicht dem besseren Leben genützt. Die langen Sätze schlafen in dicken Büchern. Das bessere Leben geht immer nur mit dem kurzen Satz schwanger.
Unsere Zeit ist kurz, sagt der Weststeirer, also vertrödeln wir sie nicht mit Sätzen vom besseren Leben, sondern gehen wir es an: das Leben.
Die Einsichten des Weststeirers sind kurz, aber lebenslang, und daher durchgreifend und unumwerflich. Sätze läßt der Weststeirer also - wenn überhaupt - nur als Kern-Sätze gelten. Es sind nur die Sätze, die seiner Natur entsprechen. Die Natur des Weststeirers ist die Weststeiermark.

B SÄFTE

Die Erde, soweit das unbewaffnete Auge sie erblickt, besteht zum größten Teil aus Flüssigkeit. Wir sprechen vom Meer und sagen aber nicht "Saft".
Der Körper des Menschen, scheinbar fest, besteht zum größten Teil aus Flüssigkeit. Zum Blut aber sagen wir "Saft". Wir sagen zum Blut sogar "besonderer Saft", weil das Blut die Kraft zum Leben gibt.
Es gibt kein Leben ohne Saft. Jeder Saft, der Kraft zum

Leben gibt, ist Blut oder blutsverwandt. Alle diese Säfte sind besondere Säfte, die in einem besonderen Körper gluckern: im weststeirischen.

C SAFT UND KRAFT

Saft und Kraft sind Brüder, die die Arme über ihre Schultern legen und festen Schrittes jodelnd über die Hügel des steirischen Lebens marschieren. Aber nicht im Gleichschritt. Und ohne Marschtakt. Wer mit Saft und Kraft marschiert, marschiert taktlos. Der Takt ist ein Bruder des Großstädters. Saft und Kraft brauchen keinen Dirigenten, wohl aber sinnliche Mäuler, rollende Augen, glänzende Lippen, gurgelnde Bäuche und komfortable Ärsche.

D DIE KRÄFTIGEN SÄFTE

Die kräftigen Säfte liebt der weststeirische Körper mehr als die unkräftigen. Die kräftigen braucht er, die unkräftigen scheidet er gleich aus. Daher ist der weststeirische Körper ein kräftiger; alles Unkräftige wird auf der Stelle ausgeschieden.

E DIE WESTSTEIRISCHEN SÄFTE

Zwei Säfte sind es, die die Weststeiermark in wilden Strömen durchrauschen, die die Weststeiermark zur unvergleichlichen Weststeiermark machen: Schilcher und Kernöl pulsieren in den Adern des Landes, der edle rote Saft der blauen Wildbacher Rebe, vulgo Schilcher, und der edle tiefgrüne Saft des Kürbiskerns, genannt KK-Öl. Es gibt kein anderes Land auf der Welt, wo dieses unverbleite Zweitaktgemisch im Herzen brennt. Das Herz des Weststeirers ist ein Explosionsmotor, dessen Pleuelstange der Kürbis ölt.

F DIE SÄFTE DES PLINIUS

"Zwei Säfte gibt es", behauptete Plinius der Ältere anläßlich eines hellenischen Aufenthaltes, "die dem menschlichen Körper angenehm sind: innerlich Wein und äußerlich Öl, und beide erhält man von Bäumen."
Ja, das war in den Zeiten, in denen die Weststeiermark noch nicht im Reiseangebot der römischen Imperialtouristik verzeichnet war, in denen das Öl nur aus Oliven bestand und ausschließlich über die eingeschmierte Haut eingenommen wurde. Die Zeiten, in denen die Äußerlichkeit glänzte wie Öl.
Der Weststeirer, der wackere Kraft- und Saftlackel, korrigierte die ungebildeten Lateiner, indem er das Öl vom Kürbis - der Olive der Weststeiermark - nahm, und es beileibe nicht auf die Haut, sondern in seinen Magen rinnen ließ, folgendermaßen:
"Zwei Säfte sind es, die dem steirischen Körper angenehm sind: innerlich Wein und dazu nochmals innerlich Öl, und beide erhältst du nur in der Weststeiermark, nämlich den Schilcher für dein Glas und das Kürbiskernöl für deine Salatschüssel."

G DIE INNERSTEN SÄFTE

Das Blut des Weststeirers ist trinkbar.
Es heißt Schilcher.
Die Analyse der Blutfette ergibt Kernöl.

H DIE ORTE DES LUKULLISCHEN ELYSIUMS

Wo, so fragt sich der durstige Laie, wo ist dieser Schilcher? So lüften wir nun denn ein wenig den Schleier des Geheimnisses und nennen Ort für Ort beim Namen:
St. Stefan mit seinem hervorragenden Schilcher, Gundersdorf mit seinem herrlichen Schilcher, Greisdorf mit seinem wunderbaren Schilcher, Marhof mit seinem fulminanten Schilcher, Stainz mit seinem exzellenten Schilcher, Ligist mit seinem großartigen Schilcher, Deutschlandsberg mit seinem unübertrefflichen Schilcher, Schwanberg mit seinem himmlischen Schilcher, Eibiswald mit seinem überirdischen Schilcher.
Und dann: hundert kleine, versteckte Örtlichkeiten und Buschenschenken zwischen St. Stefan und Eibiswald, auf der "Schilcherstraße", die wir der Öffentlichkeit um keinen Preis zu verraten gewillt sind, weil wir den edlen Saft lieber selber trinken, und zwar am allerliebsten im Herbst, wenn die frischgebratenen weststeirischen Maroni von den heißen Pfannen hüpfen, und zwar direkt in unsere Schlünde, wo sie, vom Schilcher benetzt, eine Allianz eingehen, die eine Vorahnung des lukullischen Elysiums auslösen, ja: erzwingen. Die Tatsache, daß es für ganz wenige Tage im Jahr auch einen Schilcher-Sturm zu verkosten gilt, die milchig-violette Brühe in voller Gärung, sei hier bloß festgestellt, da auch das Vokabular des Schwärmens einmal sein Ende hat.

I DIE HERKUNFT DES SCHILCHERS

Unbekannt ist sie.

J DIE MÖGLICHE HERKUNFT DES SCHILCHERS

Unmöglich ist es zu sagen, seit wann der Schilcher existiert; das ist aber auch nicht wichtig; wichtig ist, daß er jetzt existiert. (Zum Genießen sind nur Weine der Gegenwart). Der gegenwärtige wächst nur in einer Höhe von 350-550 Meter oberhalb des Meeres auf einem sehr harten, schweren Boden, dem schiefrigen Opak-Boden, und zwar nur in der Weststeiermark. Wir folgen den Worten des Weinbauern und nennen ihn "bodenheiklig".
Staunend erfahren wir, daß die Sage umgeht, römische Händler hätten in alten Tagen just in der Weststeiermark eine Fuhre mit italischen Weinstöcken umgeschmissen; ein steirischer Weinbauer wäre da gleich zur Stelle gewesen und hätte die fremden Pflanzen arglos zwischen seine heimischen Edelreben gesetzt, und siehe da, ein paar Jahre später habe man bereits den ersten Schilcher der Welt gebechert.

K DIE FARBE DES SCHILCHERS

Ist die Farbe der Traube immer dieselbe: rot; ist der Name der Traube immer derselbe: Wildbacher Rebe - so ist die Farbe des Schilchers, welcher in unsere Bäuche gluckert, je nach dem Orte der Verkostung eine verschiedene: so spricht und trinkt man vom klassischen "Zwiebelschilcher" im Raume von Stainz; ein hellroter Tropfen, ein Rosé, würde der Laie sagen. Fünfzehn Kilometer südlicher, in Deutschlandsberg etwa, verdunkelt sich der rote Schein im Glas, und in Eibiswald gar würde der blutige Anfänger meinen, vor dem Kosten natürlich, er habe einen gewöhnlichen, dunklen Rotwein vor sich, wo es doch dieselbe Wildbacher Rebe ist, die soeben in Stainz sein Glas im hellen rotgoldenen, gelblichen, zwiebelfarbigen Glanz erstrahlen hat lassen. Das Geheimnis des Schilcher-Weinbauern ist simpel: läßt du die Maische länger liegen, wird der Schilcher dunkler.

L DIE ECHTHEIT DES SCHILCHERS

Es gibt nur echten Schilcher.
Beim echten Schilcher wird unterschieden zwischen dem echten und dem echteren Schilcher. Der Weinbauer, der einen Zwiebelschilcher ausschenkt, weiß, daß es nur einen einzigen echten Schilcher gibt: den Zwiebelschilcher. Der Weinbauer, dem du sagst, sein dunkler Schilcher sei kein echter Schilcher, schüttet dir den Inhalt der Karaffe auf den Kopf und weist dich erhobenen Hauptes aus seinem Haus. Wage es nicht, es je wieder zu betreten.
Die eingefleischten Vertreter etwa des Zwiebelschilchers belehren uns dilettantische Weinschlucker, wodurch es kommt, daß nicht nur zwiebelfarbener Schilcher existiert: das hänge nicht nur mit dem längeren Gären der Maische zusammen, sondern: der dunkle Wein stamme von den Ausläufern der Schilcher-Zone (früher, dem Herrgott seis geklagt, sei er angeblich auch verschnitten worden - solche Schweinereien habe das Weingesetz zugelassen, bis zu 25% - verschnitten mit dem dunklen Zweigelt aus der Südsteiermark, oder gar, kreuztibidomine, mit Holunder eingefärbt!).

M DIE BÖSEN VERLEUMDUNGEN, WELCHEN DER SCHILCHER JAHR UND TAG AUSGESETZT IST

Von feinsinnigen Trinkern verbreitet, hat der Ruf des Schilchers die Grenzen der Weststeiermark überschritten; unüberhörbar schallt heute sein edler Ruf, doch garstig kommt oft das Echo zurück aus neidischen Mündern, den Vertretern des seichten Geschmacks. Wer sind sie, die Rufmörder der Wildbacher Rebe?

Südsteirer sind es, wo nie ein Schilcher je wuchs, Burgenländer sind es, deren Kehle nie ein Schilcher je netzte, und Niederösterreicher sind es, wo alles andere eher als ein Schilcher gedeiht; oder, mit einfacher, aber schwerer Zunge gesagt: alle anderen Weinbauern im österreichischen Land. Ein Heckenklescher, so sagen sie, sei der Schilcher und nichts sonst, ein Direktträger, ein saurer, billiger Hauswein, eine Gefährdung der trinkenden Menschheit, weil er Methylalkohol enthalte und daher auf die Dauer blind mache, oder wenn nicht blind, dann chronisch raufsüchtig, und daher müsse der Schilcher Rabiatperle genannt werden und nichts anderes.

Komm heiliger Urban, heimlicher Patron der weinischen Weststeiermark, Schutzherr aller herben Tropfen und Tröpfe dieser Welt, und hämmere es ihnen ein: Edelobst ist die Wildbacher Rebe, mit feinstem, dünnstem Laub, das der ständigen Pflege durch anständige, harte, knorrige weststeirische Hände bedarf. Und sauer ist er, jawohl, richtig resch, weil dieser edle Tropfen viel Weinsäure enthält und dafür wenig Essigsäure. (Und weil uns das süße Geschlader der gschmackigen Massenproduktion schon zum Hals rauskommt). Und gesund ist er erst recht.

N DIE GESUNDHEIT DES SCHILCHERS

Von einem, der über vierzig Jahre hindurch Schilcher angebaut und daher auch getrunken hat, stammt die glaubwürdige Versicherung: "Mir hat er nie gschadet."
Zum Durstlöschen hat er bis zu 10 Liter am Tag getrunken. Wenn der Blutdruck nicht gestimmt hat, hat er 11 Stunden hindurch Schilcher getrunken und am nächsten Tag hat er wieder gestimmt; und er wäre total fit gewesen, wäre er nicht über eine Stiege hinuntergefallen; daran war aber die Stiege schuld.
Vom Weißwein schläft man ein, vom Schilcher wacht man auf. Es gibt real existierende Exemplare von weststeirischen Weinbauern, die in ihrer Jugendzeit so aufgeweckt waren, daß sie jeden Sonntag aus lauter Freude am Leben Raufen gegangen sind, von Dorf zu Dorf, von Wirtshaus zu Wirtshaus. Nie sind sie rabiat, sondern immer nur aufgeweckt gewesen. Und gefehlt hat ihnen nie etwas. Im Gegenteil, immer haben sie fröhlich gefurzt. Und wenn das Arscherl brummt, ist das Herzerl gsund. So gesund ist der Schilcher.

O DIE VERKEHRSFÄHIGKEIT DES SCHILCHERS

Einer, der viel unterwegs war, und trotzdem noch lebte, und so die ganze Steiermark mitsamt ihren Frauen kennengelernt hatte, versicherte im "Gasthaus zur schönen Aussicht" unter Eid: "Mit Schilcher bin ich immer gut gefahren!" Bis heute konnte ihn keiner widerlegen.

P DER HOCHDRUCK DES SCHILCHERS

Schilcher ist Blut und deshalb steigt bei der Zufuhr von Schilcher der Blutdruck. Aber Hochdruck macht schönes Wetter, sagt der Weststeirer, und daher gehört die Weststeiermark zu den Gebieten mit den meisten Sonnentagen. Das schönste Wetter ist in der Weststeiermark paradoxerweise auch das feuchteste: hier scheint die Sonne feucht.

Q DIE QUERULANZ DES SCHILCHERS

Der ungetrübte Genuß des Schilchers führt vorerst zur ungetrübten Inbetriebnahme einer stillgelegten Maschine, des Gehirns. Das menschliche Gehirn wandelt sich durch Zufügung von Schilcher zu einer Kläranlage. Schilcher ins Hirn, und alles wird klar!

Die Klärung der Verhältnisse führt natürlich eo ipso in den Widerstand - es darf doch nicht möglich sein, daß es schon so weit gekommen ist, wie es ist!

Da die Aufklärung betrüblich ist, führt der Weststeirer ungetrübten Schilcher weiter zu, solange, bis das klare Hirn unklar wird und der Schmerz über die Klärung der Verhältnisse betäubt wird. Die Revolution, die das klare Hirn ursprünglich anstiften wollte, ist jetzt zu einem praktikablen Querulantentum am Wirtshaustisch domestiziert. Wer die Klärung am Beginn des Schilchergenusses höher schätzt als die Eintrübung der Erkenntnis durch zwar lustvolle, aber übermäßige Schilcher-Schwemmungen, der muß rechtzeitig die Schilcher-Zufuhr in den Körper einbremsen. Denn der Schilcher ist kein Nahrungsmittel. Im Gegensatz zum Kernöl.

R DER HEISSE SCHILCHER

Und doch ist der Schilcher ein Nahrungsmittel. Wer ihn nicht trinken will, kann ihn auch essen: In der Weinsuppe, bei Forelle in Schilchersauce, im Bröselkoch mit heißem Schilcher - oder ihn als Würze verwenden in der Beuschelsuppe oder der Flecksuppe oder im Ragout, oder auch kalt in jedem Salat. Nach dem Verzehr dieser Speisen ist der Führerschein beim Koch abzugeben.

S DIE GEFÄHRLICHKEIT DES SCHILCHERS

Allgemein ist von den weststeirischen Schilchertrinkern bekannt, daß sie schneller als alle anderen zum Messer greifen. Kein Wunder, die Bretteljause mit dem Verhakkert steht gleichzeitig mit dem ersten Glas Schilcher auf jedem Tisch.

T GIFT UND GEGENGIFT

Die Gicht zählt zum Berufsrisiko des Schilchertrinkers. Doch die weststeirische Natur selbst bietet das Gegengift zur Gicht an: die Heilquelle in Sauerbrunn bei Stainz, das einzige steirische Wasser zur Bekämpfung der Gicht. Die Gichtler der Weststeiermark kombinieren daher die Schilcher-Trinkkuren mit Sauerbrunn-Trinkkuren. Wem es zu umständlich ist, ins Bad zu fahren, um die Kuren zu trennen, der trinkt gleich eine Schilchermischung mit dem Säuerling vom Rosenkogel. In diesem Falle liegen die Gichtverursacherstoffe mit den Gichtverhinderungsstoffen im heftigsten Streit und die Gicht selber kann daher nicht ausbrechen.

U DIE HÖCHST ERSTAUNLICHE VERWANDLUNG DES SCHILCHERS IN ÖL

Die zwei Konstituenten der Weststeiermark, Schilcher und Kürbiskernöl, haben die Bewohner zu einer besonders bewußten Sprache finden lassen. Nie führt das Öl zum Wein, wohl aber der Wein zum Öl. Voller Selbstbewunderung und ehrlicher Achtung ruft der Weststeirer, nachdem er dem Schilchergenusse fröhlich, frei und heftig zugesprochen hat, aus: "Bin ich heut fett!" oder: "'Hab ich heut ein Öl zusammengebracht!" oder, noch klarer: "Heut bin ich aber im Öl!"
Die bevorzugte Berechtigung zu solchen Ausrufen wird klar, wenn wir bedenken, daß der Weststeirer ja der eigentliche Kernsteirer ist, nämlich der Kürbis-Kern-Steirer, und daher seine Befindlichkeit schon von vornherein als eine ölige gekennzeichnet werden muß. Des weiteren klärt sich uns jetzt somit auf, weshalb der Weststeirer nur Kern-Sätze zuläßt, alle anderen aber verachtet, vor allem die Sätze auf den Böden der Weinflaschen.

V DIE AUSFUHR DES SCHILCHERS

Der Schilcher ist einer, der in derselben Luft, in der er wächst, auch getrunken werden will. Die meisten Versuche, ihn mit dem Auto in ferne Gegenden zu entführen, enden damit, daß ihm übel wird, und schließlich bricht er auch noch. Beim Schilcher - und nur beim Schilcher - gilt der Grundsatz: Es bricht der Wein und nicht der Trinker.

W DIE AUFBEWAHRUNG DES SCHILCHERS

Schilcher bewahrt man am besten in Fässern oder Flaschen auf, die in einem weststeirischen Kellerstöckl kühl und unbeweglich lagern. Oder in den schwankenden Körpern der Weintrinker, unter denen es ebenfalls Fässer und Flaschen gibt, die allerdings manchmal der Kühlung bedürfen. Merke: Auch kühler Schilcher läßt nicht kalt!

X VON EINEM GRIECHEN, DER SICH LÄNGER ALS GEPLANT IN DER WESTSTEIERMARK AUFHIELT

Einst zog ein hochgebildeter Grieche mit edlem Geschmack,
allerlei feinste Spezereien, Steine und Kleider in seinem Gepäck als Handelsware mit sich führend,
ins ferne Westeuropa.
Seine Heimat aber war die Insel Thassos.
Und als er, in Unkenntnis der Ländereien,
unversehens sich in Eibiswald wiederfand,
welches zur Schilcherzone gehörig betrachtet muß werden,
fand er dortselbst einen Wein, wie er ihm herrlicher noch nie über die weitgereiste Kehle geronnen war.
In seiner Heimat ward der edle Händler nie wiedergesehen.
Und heute noch reichen die Griechen auf Thassos einander die Botschaft sich zu,
welche ihr Landsmann als Letztwort hatte gerichtet an sie:

"Wanderer, kommst du nach Thassos,
sage,
du habest mich liegen gesehen

in einer Lache besondersten Saftes,
welche weithin zu nennen gepflegt wird:
Schilcher."

Y DER TRAUM VOM IDEALEN LAND

Und eines Tages war das Land gefunden; das Land, in dem die Natur nicht dem Menschen gegenüberstand, nicht als Gegend auftrat, nicht als Gegen-Stand, das Land, in dem sich nichts gegenüberstand, das Land, das eins war mit sich und seinen Bewohnern, weil auch seine Bewohner Land waren, auf dem Schiffbrüchige landen konnten mit einem kleinen Satz, das Land, in dem Bäche von Wein und Ströme von Öl flossen und alle unwirschen Säfte versickerten und alles Leben glänzte im Öl, und die ersten gingen daran, es Weststeiermark zu nennen.
Bis daß der Kater kam.

Z VOM WESENTLICHEN

Wenn Land, dann Weststeiermark - nur keine Verkrüppelungen!
Wenn Öl, dann Kernöl - nur keine Kernspaltung!
Wenn Wein, dann Schilcher - nur keine Halbheiten!
Wenn Satz, dann Kernsatz - nur keine Umschreibungen!
Wenig Sätze, viel Leben!

HEIMATLOS
eine steirische Wirtshausoper in einem Rausch

Personen:

Erhard
Seppl, Wirt
Hubert
Maria
Friedi
Erzähler

Erzähler: Gestatten sie, meine Damen und Herren, daß ich Ihnen den Inhalt des Stückes etwas näherbringe. Wie Sie sicherlich schon richtig vermuten, werden sämtliche Handlungen hier im Kreuzwirt abgehandelt, darüberhinaus wird jedoch auch außerhalb des Kreuzwirts fleißig weitergehandelt, was wir jedoch nie zu Gesicht und Ohr bekommen, da wir bereits mitten in einer Opernaufführung sitzen, die ausschließlich am Aufführungsort, nämlich im obgenannten Kreuzwirt, zur Aufführung kommt. Und schon schweift unser Blick durch die Szenerie. Zwei, drei Fenster erblikken wir, durch die kein Scheinwerfer strahlt, weil es erstens bereits dunkel geworden ist, draußen, und zweitens zusätzlich noch alle Fenster mit Vorhängen verhangen sind, die gleichmäßig dasselbe Muster, nämlich Karo, und dieselbe Einheitsfarbe, nämlich rot-weiß, tragen. Da das Licht regelmäßig von oben, nämlich von der Decke, strömt, erahnen wir bereits die Tageszeit: es ist Abend geworden, wenn nicht sogar schon Nacht. Die Autos fahren bereits seltener draußen vorbei, die Berufstätigen haben bereits aufgehört, ihren Beruf zu betätigen, das Leben kann wieder aufatmen.
Der dicke, zufrieden scheinende Wirt, der auf den treffenden Namen Seppl hört, steht an der Theke, einem schwungvollen Resopal-Bau, und zapft gerade ein Krügel frischen Biers. Trockene Bierdeckel der Firma Gösser erwarten bereits die überschäumende Lebensfreude. Das gesamte Wirtshaus erweist sich nach eingehender Prüfung durch das unbewaffnete Auge als Tempel des Resopal, eines Ausstattungsgottes des 20. Jahrhunderts und Schutzherrn der alpenländischen Wirte. Der Stammtisch mit seinem gußeisernen Mahnmal klafft leer vor uns, eine tischgroße Menschenlücke. Später erst, viel später wird sich dort Hubert, der schöne Jäger mit der scharfen Flinte,

niederlassen.
Aber das kann Erhard, der nette junge Arbeitslose am Flipper, noch nicht wissen. Er mußte sich entscheiden, ob er zuerst zum Flipper oder zum einarmigen Banditen sollte, oder überhaupt zur Wurlitzer Orgel. Nun, da wir ihn am Flipper sehen, dürfte die Entscheidung bereits gefallen sein.
Lautlos tickt eine Reklame-Uhr der Firma Sinalco an der Wand und verkündet, daß die Zeit vergeht. Darauf aber scheinen weder Erhard noch Seppl, noch Maria, die wir jetzt erst erblicken, zu reagieren. Maria, das ahnen wir schon, wird eine der Hauptrollen in dem folgenden Drama spielen, weil sie 1. jung ist und schön, 2. große Brüste vorzuweisen hat, wenn sie will, und 3. so unauffällig ihre Gläser und Aschenbecher wascht und putzt und reibt und trocknet und hin- und herstellt, daß ihre Unauffälligkeit Schlimmes vermuten läßt. Kaum hebt sie ihren Blick, so vertieft ist sie in ihre gewinnbringende Tätigkeit und längst ist uns allen klar, daß sie die Kellnerin ist, die droben, im ersten Stock, in ihrer Stube einen vierjährigen unehelichen Säugling liegen hat, für den sie sich die Seele aus dem Leib herausschindet. Denn Alimente, das sieht jeder, kriegt sie sicherlich nicht.
Jetzt, da der Wirt das Krügel Bier zu seinem eigenen Mund hebt, erkennen wir auch, daß er seine ihm angestammte, durch viele Generationen hindurch eingeübte Tätigkeit bloß zum egoistischen Eigennutz durchgeführt hat: die Erwartung seines körperlichen Wohlbefindens hat ihn dazu getrieben. Mit dem ungewaschenen Rücken seiner rechten, behaarten Hand wischt er sich ruhig über seinen schäumenden Mund, stellt das Bier an seinen feuchten Platz und ergreift flugs die vor ihm liegende Steirische Ausgabe der Kronenzeitung. Doch das Umblättern der

Blätter, das wir zwar sehen, hören wir nicht, denn jedesmal, wenn die Kugel des Flippers eine uns unbekannte Stelle des Flippers berührt, ertönt eine dem durchschnittlichen Ohr des Menschen äußerst unangenehme elektronische Musik mit der Melodie der einheimischen Landeshymne.
Erhards Trachten geht offensichtlich dahin, immer wieder die Stelle kugelmäßig zu berühren, wobei sich sein Blick erhellt und herausfordernd auf Maria zuschnellt, die von innerem Schmerz gepackt jedesmal einen Seufzer tut, der sich ihrer breiten Brust qualvoll entringt. Endlich ist es soweit: aus dem Flipper ertönt eine gelöste, lockere Marschmusik elektronischer Art und Erhard schnipst sofort mit dem Finger, nein, mit zwei Fingern in Richtung Maria, um den Gewinn eines Freispiels mit einem Krügel Bier zu feiern. Doch die tiefinneren Gedanken Marias weilen zur Zeit bei Bertl, wie sie den schönen Jäger Hubert nennt.

Erhard: Hey!
Erzähler: ruft Erhard und beharrt auf seinem Recht auf Bier.
Erhard: Hey, one Bier!
Erzähler: Maria hingegen setzt das Abwaschen mit verstärktem Rauschen fort und wendet ihr Gesicht dem Wirte Seppl zu;
Maria: Gib du !
Erzähler: Spricht sie und Seppl greift zum Zapfhahn, um den Fluß des Arbeitsvorganges nicht zu stauen. Jetzt erst bemerken wir am andauernden Gesumme der Fliegen, welches instrumental im Raum steht, mit welcher Hitze die Beteiligten zu kämpfen haben. Das Krügel Bier will schier nicht voll werden beim Zapfen, der ganze Raum ist erfüllt

von summenden Fliegen, die das Krügel scheinbar vorzeitig immer wieder austrinken. Jetzt gelangt das Getränk aber doch in die zittrigen Hände Hartls, wie die Einheimischen den jungen Flipperkönig zu nennen pflegen.
Maria wäscht, Erhard trinkt und schaut und Seppl liest wieder die Kronenzeitung und zwar jetzt laut, und zwar den Bild-Text der heutigen Ausgabe zum Nacktfoto auf Seite 7, der etwa so lauten dürfte:
Seppl: Sie hat es geschafft: die 19-jährige Mary Hooverfarmer aus Winchester ist zum Top-Fotomodell in London avanciert. Wie man sieht, nicht zu Unrecht, denn mit ihrer Oberweite wird sie sicherlich noch viele Türen in ihrer Karriere aufstoßen.
Erzähler: Die Seitenblicke des Wirtes wandern dabei zu Maria, während Erhards Hauptblicke ganz offensichtlich schon daran sind, in der Unterwäsche Marias zu wühlen. Solchermaßen in die Enge getrieben, hebt Maria den Blick flehentlich zum Herrgottswinkel und bekreuzigt sich. Und da entsteht schon das Terzett mit dem Titel "Was ist los, Maria"?, das alle drei gemeinsam, wenn auch abwechselnd, singen.
Erhard: Was ist los, Maria?
Seppl: Mitzerl, was ist los?
Erhard: Was schaust'n so, Maria?
Seppl: Du drahst die Augn driba!
Maria: Nix is, sog i, nix is, sog i - nix is los!
Erhard und Seppl: Nix is, sogt sie, nix is, sogt sie - nix is los?
Maria: Wirkli net! Wirkli net, na, wirkli net!
Erhard: Wartst du noch auf was? Gell, du wartst auf was!
Seppl: Freili wartet sie, jeden Freitag wartet sie, bis er kummt.
Erhard: Bis er kummt, bis er kummt, bis er kummt.
Maria: Nix is wahr, wahr is nix, nix is wahr! Marandjosef,

glaubts ma doch, nix is wahr!
Erhard: Aha, die Lady wird nervös, wartet auf die nächsten Stöß.
Maria: Also des is doch der Gipfel, sündig bist du bis zum Zipfel!
Seppl: Brauchst dir net selber auf dein Busen greifen, des ham scho vüle gmacht. Und der Hartl möcht des aa.
Erhard: Der Hartl möcht des aa,
des kann der Hartl auch,
selbstverständlich, sowieso,
des möcht i aa.
Maria: Der Busen, der ghört mein,
und so soll es immer sein!
Erhard: Busen hin, Busen her,
Maria, machs mir net so schwer!
Seppl: I sag dirs Hartl, was sie wüll:
sie wüll den Bertl immer vül.
Erhard: Bertl vül? Bertl vül?
Seppl: Bertl vül, Bertl vül!
Erhard: Die Mary wüll den Bertl hobn?
Hör i richtig, Bertl hobn?
Seppl: Richtig hörst du, Bertl hobn!
Erhard: Meingott, Seppl, Bertl hobn!
Seppl: So is, Hartl, Bertl hobn!
Erhard und Seppl: Bertl hobn, Bertl hobn, Bertl hobn!
Maria: I kann warten, muaß i sogn,
i laß ma Zeit - tua mi net plogn!
Erhard und Seppl: Laßt si Zeit, tuat si net plogn.
Des muaß i sogn, des muaß i sogn.
Na, sie tuat si echt net plogn!
Maria: Glasl woschn, Tschik wegrammen,
laafn, bis die Lungen platzt.
Erhard und Seppl: Zungen latzt, Zungen latzt.

Maria: Schinden wiar a Ackergaul,
und dann sogn, i waar faul!
Erhard und Seppl: Sie waar faul, sie waar faul!
Maria, Erhard, Seppl: Jetzt halt dei Maul, halt nur dei Maul!
Maria, Erhard, Seppl: Halt nur dei Maul, die Goschn holtst, Pappn zua, weil sunstn knollts!
Erhard: Sepp, tua net die Mary pflanzen,
weil i wüll no mit ihr tanzen!
Seppl: (spricht) Aber du wüllst do gar net tanzen mit ihr! Du wüllst nur aans, du wüllst ihre dicken Tutteln, gibs zua!
Erhard: Halts zsamm! Ich hab eine große Sehnsucht in mir, und die steht immer auf, wenn ich an Maria denken tu.
Seppl: Do is schon allerhand aufgstanden, bei der Maria!
Erzähler: In diesem Augenblick dringt aufdringliches Kinderquäken vom oberen Stockwerk auf die Bühne und von dort in den Zuseherraum, wo es auch unser Ohr erreicht. Kurz gedenken wir der armen, ungestillten Kreatur, werden aber sofort aus unseren Gedanken gerissen durch den die Hitze der Stube durchschneidenden Satz Erhards:
Erhard: So redst du net von meiner Geliebten!
Erzähler: Das ist der Offenbarungseid Erhards. Der schöne, schüchterne Arbeitslose hat sich endlich durchgerungen zu einem beklemmenden Liebesbekenntnis, das sein Inneres nach außen gestülpt hat, das die Fesseln seiner nach erfülltem Leben lechzenden Psyche zerrissen hat: Diese Offenheit ist es auch, die in der antwortenden Stimme Marias ihren Widerhall findet, die nun ein
Maria: Pffh! Geliebten!
Erzähler: von sich gibt. Worauf die lüsterne Anwartschaft des Wirtes Seppl auf die ihm optisch wohlbekannten Großbrüste Marias mit dem verächtlichen
Seppl: Hörst es? Hörst, was sie sagt! Sie pfeift auf di!

Erzähler: ihren Niederschlag findet. Erhard blickt nachdenklich und schlagfertig in den Schaum seines Krügels, indem er prompt erwidert:
Erhard: Aber nur, weil sie mi no net richtig kennt!
Erzähler: Gedankenschwer neigt sich seine Stirn zum Resopaltisch. Unten angekommen und aufgeklatscht spricht sein Mund in sich gekehrt:
Erhard: Wenn i aamol mit ihr furtgehn könnt . . . so in a richtige Disco! A bißl tanzn und a Bier, und an Gin Tonic . . . do könnt i ihr olles derzöhln!
Erzähler: Sepp, mit dem verächtlichen Blick des 50-jährigen, der alles erlebt hat, hat alle seine Sätze wahrgenommen und spricht:
Seppl: Was hättn so a junger Hupfer schon zum Derzöhln?
Erzähler: Aber Erhard läßt sich in diesem Augenblick nicht mehr vom Generationskonflikt in die Zange nehmen und spricht frei, locker, gelöst und leger von seiner Seele all die Brocken, die diese seine Seele bislang zum Steinbruch der Sehnsucht gemacht hat:
Erhard: Mein Gott,
Erzähler: spricht er,
Erhard: wenn i so kennat, wia r i wüllat, i taat ihr aniges derzöhln.
Erzähler: Jetzt tritt Glanz in seine Augen:
Erhard: Ganz nah vor sie hinsetzn taat i mi, und in ihre blauen Augn taat i schaun, ganz tief in ihre azurblauen, Augn lassert i mi einiplumpsen und ganz leis taat i zu ihr sogn:
Erzähler: Und jetzt bricht aus Erhard das unglückliche Verhängnis der Kindheit mit voller Wucht aus ihm heraus, indem er die berührende Arie von der unglücklichen Kindheit singt:
Erhard: Schau mi an, Maria,

ruck a bißl her, Maria,
und schau mi an.
Waaßt, daß i di mog, Maria?
taat i sogn.
Aber was bin i schon,
taat sie sogn.
Der Erhard, taat i sogn, /der Erhard/
i bin der Erhard,
taat i sogn;
habs immer schwer ghabt,
taat i sogn;
nix als schwer ghabt,
mei ganzes Lebn!
Und deswegn, miassert i sogn,
immer wieder aans sogn:

Alles kannst mi lossn,
nur net allaan!
Ja, Maria, alles, alles kannst mi lossn,
nur net allaan!
Schau mi an, Maria,
huck di her, Maria.
taat i sogn,
hast gwußt,
wias mit mir steht?
Nix kannst wissn,
taat i sogn -
Freili waaß is,
taat si sogn -
Nix waaßt du,
miaßt i ihr sogn.
Oder waaßt du,
wia des mit mein Vatern war,

dem Haderlumpen?
Waaßt du des,
wia er mei Muatter gnommen hat,
beim Waldfest mit n Schmäh?
An Mercedes,
i sog dirs, an Mercedes hot er ghobt,
und hot sie einizaart
in sein Mercedes
und die Türen
san ins Schloß gfolln
so wia olls gfolln is
in derer Nocht,
und mei Muatter aa,
ja, mei arme Muatter aa,
dem Haderlumpen in die Händ.

Drum sog i, olles
kannst mi lossn,
alles, nur net allaan.
Ja, Maria, alles, alles kannst mi lossn
nur net allaan!
Jo, Maria, so war des;
zerst war der Vater do,
bevor ers worden is,
und dann war i do,
und er war nimmer do,
der Haderlump.
Furt war er,
furt, furt, furt bis heut,
und auftaucht is er nie, bis heut.
I bin a Kind, Maria,
des zwar aufgwachsn is,
aber ohne jede Alimente.

Siehgst du des net, Maria,
an mein verlossnen Blick?
Gspürst du des net?
Gspürst net mei zrissns Herz,
wias unter mein Pullover schlogt?
Maria: Nix gspür i, nix!
So an Bankert, wia du warst,
hab i selber aa,
in mein Zimmer drobn.
Erhard: Alles kannst mi lossn, Maria, nur net allaan! Alles, alles laß mi, Maria, aber bitte laß mi net allaan!
(mächtiges Kindergebrüll dringt wieder von oben in den Gastraum)
Maria: Hörst mein Klaan? Der sogt des aa!
Erhard: Und dann -
der Fats Domino taat singen -
red sails in se sanset taat er vielleicht singen
dann bestellert i no zwaa Gin Tonic
und meine Augn waarn schon unter Hochwasser,
dann lassert i s außa,
dann lassert i s außa aus mir,
dann taat i mi nimmer zruckholtn,
und mit meiner poetischen Ader,
die i hob,
taat i zu ihr sogn,
daß i der Weltmeister der Einsamkeit bin;
daß sie mir in meiner Jugend schon
die Einsamkeit aufs trockne Brot gstrichn
hobn, gstatt der Marmalad.
Weil, waaßt, Maria, taat i sogn,
Seppl: Alles kannst mi lossn, (schluchzt)
Erhard: Jeder Mensch hat an Vatern und a Muatter
- nur i net.

Seppl: Nur net allaan. (schluchzt)
Erhard: Jeder Mensch hat an Vatern und a Muatter,
nur i net. Nur i net.
Seppl: Alles kannst mi lossn, nur net allan (schluchzt)
Erhard: Weil wia mei Vater furt is,
hat si mei Muatter umidraht,
und überbliebn bin i.
An Strick, so wird derzöhlt,
i war erst zwaa,
hat si mei Muatter gnommen,
mit dem is sie aufs Häusl gangen,
aus dem sie nie mehr außakommen is.
Seppl: Und einsam is er.
Erhard: Wia sull i wissn, was a Muatter is?
Maria: Sehr einsam!
Erhard: Kenn net amol den Vatern, des blöde Gfries. (schluchzt)
Seppl: Schwer hot ers, der Bua,
Maria: Sehr schwer.
Seppl: A Bier kriagt er, jawohl, auf Kosten des Hauses.
Maria: A Bier für den armen Hartl.
Seppl: A Bier, a Bier, sofort a Bier!
Erzähler: Erhard schluchzt, den Blick in die Unendlichkeit gerichtet, und nicht auf das frische Krügel, das ihm der Wirt gönnerisch auf den Tisch stellt:
Erhard: Die Muatter bin i los,
den Vatern bin i los,
was is nur los mit mir?
I bin a loser Bua,
i hob a schweres Los!
Maria und Wirt: Die Muatter is er los,
den Vatern is er los,
des is a schweres Los!

Erhard: Und alles hätt i übertaucht,
wenns mi nur lassn hättn.
Seppl: Alles hätt er graucht,
wenns ihn nur lassn hättn.
Erhard: G'arbeit hab i bis zum Gehtnetmehr;
i hab mein Job ghobt,
aber jetzt net mehr.
Maria: Aso, aha, und warum net mehr.
Seppl: Wieso dn jetzt net mehr,
fixsakra no amol?
Erhard: Gestern hamms as Werk zuagsperrt,
und jetz waaß i nimmer, was i tua.
Mei Chef,
des war schon immer a klasser Haberer,
der sitzt inzwischen
im Flieger, der was eahm auf die Seychellen
bringt.
Maria und Seppl: Den Chef is er los,
die Orbeit is er los,
des is a schweres Los!
Erhard: Und jetzt -
jetzt steh i do,
mit an Krügerl in der Hand:
Die Maria mag mi net,
vom Vatern is nix zum Sehgn,
die Muattern gibts net mehr,
der Chef is anderswo,
und mei Orbeit ebenso.
Wo bin i no dahaam?
Nirgends mehr bin i dahaam,
orbeitslos und heimatlos. . .
Seppl: Arbeitslos und heimatlos,
Maria: und heimatlos,

Seppl: bist die Arbeit los,
Maria: bist aa die Heimat los,
Seppl: und dei Geld dazu.
Maria: Ja, das is ein schweres Los,
Seppl und Maria: arbeitslos und heimatlos!

Erzähler: Während Erhard voll der Trauer in sein Bier starrt, macht sich der Wirt an Maria heran und verhöhnt den jungen Arbeitslosen mit Gesten, in die Maria schließlich einstimmt. Sie kichern und betätscheln sich. Die Musik wandelt sich allmählich zum zynischen Walzer.

Seppl: So vül arm is er!

Maria: Der Herr Weltmeister!

Seppl: Dabei is er schon fast Abteilungsleiter gwesn. In der Abteilung für einsame Herzen.

Maria: Jetzt kann er si net amol mehr a Bier leisten.

Seppl: Und bei die Weiber geht aa nix mehr, hob i's Gfühl.

Maria: Des Gfühl hob i aa.

Seppl: Maria, zeig ma s ihm, was er so gern hatt? Kumm!

Maria: Warum net!

Erzähler: Eng umschlungen tanzen sie provokant nahe an Erhard vorbei, unterstützt vom Chor, der mit ständigem "mhm-aha-soso" die Weise untermalt. Erhard kocht vor Wut. Nach geraumer Zeit schüttet er sein Krügel um und stürzt bei der Tür hinter der Theke, die ins Hausinnere führt, hinaus. Mit einem Schlag wird es finster. (gleichzeitig verstummen Musik und Chor. Totaler Stromausfall, Finsternis)

Seppl: Was is n los, Maria?

Maria: Es is so finster wie bei aan Stromausfall.

Seppl: Des war der Hartl! (ruft laut) Jetzt paß amol auf: I bin der Kreuzwirt, und das schon vüle Generationen, und i hob schon manches erlebt, aber des aane kann i dir sogn: So etwas noch nicht! So wos no net! Und wennst jetzt net sofort die Sicherung wieder einischraubst, dann geht bei mir a Sicherung, is des klar?!

Erzähler: In die Finsternis platzt Friedi hinein, durch die Eingangstür. Sie kommt direkt von der Alm, wo sie sommers den harten Beruf einer Sennerin ausübt; dementsprechend ist sie auch gekleidet, was wir jedoch in der Finsternis nur sehr schwer ausnehmen können. Sie ist auf der Suche nach ihrem verlorenen Hubert, den sie hier wähnt.

Friedi: A so geht s do her! A do schau her, do wird schon um achte finster gmacht beim Kreuzwirt! Hubert, sofort kummst her!

Seppl: O je, die Friedi! Di hat mir jetzt no gfehlt!

Friedi: Kusch, Kreuzwirt, dein Spiel ist aus! Sofort gibst du mein Bertl her!

Maria: Der Hubert is nix do, kannst scho wieder gehn!

Friedi: A do is jo des Miststück, des wos eahm verführt hot!

Seppl: So loos doch, Friedi, dein Bertl is gwiß net do. Hob ihn heut no gar net gsehn!

Friedi: Bei dem Licht is des aa gar net möglich! I waas schon, wo er is - im Bett von derer Schlampn! Und do hol i eahm jetzt außa, und wenns sein muaß, mit Gwalt.'
Mach frei den Weg, Kreuzwirt!

Seppl: Kreuztibidomine, do bleibst! Do is kaaner mehr in dem Haus !

Friedi: Unzüchtigs Gsindel, ihr! Dreckiges Weib!
Hinterfotziger Zuhälter! Aus dem Weg,
geiler Waschlappen!

Erzähler: Ein Aufschrei Friedis

Friedi: Au!

Erzähler: läßt an eine Berührung mit dem Kreuzwirt denken.

Seppl: Herrgottsakranoamol, wann wirds denn endlich wieder hell?!

(es wird sofort hell, Erhard kommt zurück)
Erhard: Jetzt. Und was macht die Gschroapappn do herin?
Friedi: Schweig, sonst ist dein Schicksal erfüllt! Wer isn des überhaupt?
Erzähler: Da ergreift Maria die Situation mit beiden Händen.
Maria: Ah - des is mei Freind, wennst es genau wissn wüllst. Des is mei Hartl, gell, Hartl?
Erzähler: Sie macht sich anschmiegsam an ihn heran.
Friedi: Ihr mochts ma do nix vor! Hol sofort den Bertl oba - oder i stimm den Todesjodler an!
Erzähler: Alle starren entsetzt.
Seppl: I schwör dirs, Friedi, der Bertl is net do!
Maria: Gwiß net, Frau Sennerin! Bitte nur net den Todesjodler!
Erhard: Bitte, bitte, net!
Erzähler: Trotz aller Bitten und Beteuerungen stimmt Friedi den Todesjodler an.
Friedi: Holljo, hollijo, holiolleoooo!
Den Wirt - derstich i, holijo
die Maria - derwürg i, holijo
und dem Buam do - reiß i die Augn aus,
holijo
bis daß der Bertl virakimmt, holijo,
holijo, hodi-ol-leoo,
Bertl, Bertl, kumm,
sunst bring i olle um.
Stich i oo, stich i ooo,
stich i olle olle ooo!
Erzähler: Das betretene Schweigen nach diesem bedrohlichen Naturereignis bricht zaghaft durch das Liebesduett Maria-Hartl.
Maria: Mi schert der Bertl nix, weil i den Hartl hob.

Erhard: Solang i die Maria hob, schert mi der Bertl, Bertl nix.
Chor: Jo, jo, die Liab, die schert si nix, durt wo sie hinfallt, bliaht sic auf!
(zweimal)
Friedi: (in den Chor hinein) Lugnschippel,
dreckigs Lugnschippel alle mitanand!
Maria: Geh Hartl, schau mi net so an, mir wird schon wurlert in der Brust!
Erhard: Du waaßt, daß i net anders kann, i steh auf di und hobs schon immer gwußt!
Maria und Erhard: Wenn i in deine Augen schau, dann schnackeln mir die Knie, Dann wird mir aa im Magen flau, dann steht mei Herz in voller Blühe!
Friedi: Schluß mit der Turtlerei, Huuubert! Huuubert!
Seppl: Jetzt reichts ma oba! (wirft die sich sträubende Friedi unsanft hinaus)
Chor: Wenn sie sich in die Augen sehn,
Dann zittern ihre Beine.
Dann will vor Freud die Lust erstehn.
Chor: Dann nimmt er ihre und sie seine
Maria, Erhard, Chor: Schnackeln
Herz
in voller Blüah
Beine zittern
bis zum Knie
Magen flau
und Lust erstehn
Augen schau
auf Wiedersehn.
Erzähler: Der strahlende Auftritt von Hubert. Die Bläser, vor allem des Waldhorns, blasen voll durch. Und da erscheint schon Hubert, der schöne Jäger in seiner Tracht,

die Gamsfeder am Hut, die Flinte um die Schulter. Seine Arme öffnen sich.
Hubert: Maria!
Erzähler: Er steht in der Tür. Er tut einen Schritt.
Hubert: Maria, Maria!
Seppl: Der Hubert!
Maria: Der Hubert!
Hubert: Maria, Maria, Maria!
Erhard: Der Arsch - Hubert!
Maria: Der Bertl!
Hubert: (zwei weitere Schritte) Maria! (Maria stößt Hartl unwirsch von sich. Sie eilt zum Flintenmann) Maria!
Maria: Bertl! Bertl! Bertl!
Hubert: Jetzt bin i do! Juli-jö-da-ria-ho-holijo!
(während Hubert und Maria einander liebend in die Arme eilen)
Chor: Jetzt hamm sie sich
Jetzt hamm sie sich
jetzt bleibns aa beianand.

Jetzt is der Bertl endlich do!
hul-jo-da-ri-a-ho.

Jetzt küßt er sie
jetzt küßt er sie
na wen wohl, die Marie!

Na endlich is der Bertl do
hul-jo-da-ri-a-ho.

Und jetzt, jetzt schnallt er ab das Gwehr
und nimmts in seine Händ
vor Freude laßt er's puffen sehr,

der Jäger is am End!
Hubert: (feuert einen Freudenschuß ab)
Ich bin der Jäger!
Chor: Puff puff puff puff!
Hubert: Ich liebe die Frauen!
Chor: Puff puff puff puff!
Hubert: Ich mag gern große Brüste!
Chor: Puff puff puff puff!
Hubert: Gottseidank, gottseidank
Chor: Puff puff puff puff, puff, puff!
Hubert: Hast du Brüste, größer als apfelschlank!
Chor: Hurra!
(aufdringliches Quäken aus dem Kinderzimmer)
Maria: Hör dei Blärrn auf!
Erzähler: Nach geraumer Zeit hört das Quäken des Kindes wieder auf.
Hubert: Endlich, endlich, endlich Maria! Endlich samma alle, endlich is der Mensch! Aber i Maria, i mag di so unendlich mag i di, hörst, was i sag, unendlich mag i di, so wia a Mensch an andern gar net gern ham kann, so unendlich, Maria, so unendlich mag i di und auf der ganzn, weitn Welt, gibts überhaupt nix, außer dir und mir, was sonst no zählt.
Maria: Und so unendlich is es aa bei mir, mei Hubert bist du - und i, i kumm zu dir.
Duett Hubert, Maria: Wenn i in deine Augen schau
dann schnackeln mir die Knie.
Dann wird mir aa im Magen flau,
dann steht mei Herz in voller Blühe.
Chor: Wenn sie sich in die Augen sehn,
dann zittern ihre Beine.
Dann will vor Freud die Lust erstehn,
dann bleibt kein Mensch mehr a-a-lleine.
Erhard: Außer mir! Außer mir!

Jeder findt sein Schatz,
jeder hat sein' Platz,
nur i net!
Maria, komm doch zruck zu mir,
den blöden Jäger laß doch sein,
die ganze Liebe schenk ich dir,
(stockt etwas)
und a Viertel Wein!
Seppl: Du sei kusch und trink dei Bier!
Alles andre überlaß nur mir!
Maria, a Bier bringst dem Armutschkerl!
Los, an die Arbeit!
Maria: (ärgert sich) Und mi fragt überhaupt kaaner!
Maria hin, haaßts,
Maria her, haaßts,
Maria des machst,
Maria des machst net, haaßts,
Das Weib ist die geschundenste Kreatur
der Menschheit!
Gell, Bertl, du holst mi außa aus der Hölle do! I kumm mit dir, und du kummst mit mir, und mir kummen zsammen.
Hubert: Es gibt nur aans - mir kummen zsammen !
Kumm her, zu mir - do bist ja schon .
(zum Wirt) Und jetzt a Viertel Kalterer!
Seppl: Erlauer hätt ma a Viertel. Oder der Herr wünscht a Flascherl.
Hubert: Her mit der Flaschn! Ruck außa dein' Besten! Jetzt wird gfeiert! (zur Band)
Buabn, spielts auf!
(Tanzmusik. Ein wilder Älplertanz von Hubert und Maria. Sie lachen und juchzen, Hubert trägt Maria zum Tisch)
Erzähler: Dem lüsternen Tanze mit gesenktem Blick folgend, dem Paar an dem sich mit Backhühnern decken-

den Tisch scheel nachstierend, muß Erhard seiner finanziellen Armut gedenken, gedankenschwer die düstere Arie von der Nudelsuppe intonierend, die er heute so gern zu sich genommen hätte.

Erhard: Kaan Groschn in der Taschn, so sitz i do.Drüben bei denen biagn si die Tisch und für mi gibts net amol Ölsardinen. Dei Magn, so muaß i mir sogn, oh Hartl, knurrt. Die Maria, so muaß i mirs klagn, oh Hartl, gurrt. Mit dem feistn Prasser, dem Waldhornblaser, gurrt sie wia a Taubn, und aa Backhendl nach n andern, braten's in der Grammelfettn außa!

Nix brauchert i heut mehr außer aaner Nudelsuppn. A haaße Rindssuppn, mit schneeweiße Nudeln drinnen, damit i net vom Fleisch fall! Aber es geht net! Weil i kaan Groschn mehr hab! A Nudlsuppn, des wärs, a Rindssuppn mit vüle klaane, weiße Nudeln drin, die richtig klaß dampfn, wenn ma s mitn Löffl langsam außahebt. Und dann, kurz vorm Mund, vor die aufgmachtn Lippn, bleibt der dampfende Löffl auf amol stehn, und schickt sei Aroma wia a Tornado eini in d Nasn, wo alle Lamelln zum Zittern anfangen und zan Bebn und zan Wackeln, sodaß das ganze Bluat vom ganzn Körper den herrlichn Duft von derer Nudlsuppn auftunkt wia a Schwamm.

Und meine Lungen saugn an der Rindssuppn wia a Vampir an aaner rinnenden Jungfrau, saugn ihr olles außa, verstehst, bis zum letzten Tropfn, und der Löffl taucht langsam eini, in'Mund, mit Ausnahme von zwaa drüberhängenden Nudeln, die an meiner rechtn Wange pickn und durt ihre Fettaugen zrucklassn, die mi anstarrn, Aug in Aug, die haaßn Augn in der Rindsfettn an der Wange und meine hungrign Glotzer in der Salzlackn in mein Schädl.

Seppl: Wünschen der Herr noch was?

Erhard: (in vollständigster Verzweiflung) Kaan Groschn in

der Taschn so sitz i do. Des Bier is warm und ohne Schaum, i reiß oo! i reiß oo! i reiß oo!
(sinkt in sich zusammen)
Erzähler: Hubert und Maria vergnügen sich an Speis und Trank und sich selber. Den Arm um ihre Schulter gelegt, wirft der schöne Jäger dem armen Erhard das abgenagte Brustbein des Hühnerskeletts auf seinen Tisch hinüber.
Hubert: Da! A Knocherl für den Hungerleider! Grab dirs guat ein, für die schlechtn Zeitn!
Erzähler: Laut schallt das höhnische Gelächter der beiden, unterstützt vom Gröhlen des Wirtes,als sich die Eingangstür auftut und wiederum Friedi eintritt, auf der Suche nach ihrem verlorenen Hubert.
Friedi: Ha! - Do sans! In flagranti! (zu Maria) Wart nur, jetzt hat dei letztes Stünderl gschlogn! Du mieses Weibsbild! Du Verführerin, du gemeine, du!
Erzähler: Sie reißt Hubert von der Seite Mariens,
Friedi: Weg da! Jetzt kumm i!
Erzähler: und zerrt Maria in die Mitte der Wirtsstube.
Friedi: Aans merkst dir: der Hubert ghört mir, und sunst neamd!
Erzähler: Eine Ohrfeige klatscht ins Maria-Gesicht.
Maria: Bist teppert wordn, blöde Almkuah?!
Schleich di aufi auf dei Sennhüttn und
derstick in dein Kaas! (sie schlägt zurück)
Seppl: Aufhörn! Aufhörn! Spinnerte Weiber, seid's narrisch wordn?!
Friedi: Was? Die geile Hur do wüll zruckschlogn?
Des wer ma glei hobn!
Erzähler: Sie zerrt Maria an den Haaren, Maria an den ihren, der Kampf der Weiber bricht voll aus.
Erhard: (springt auf, zu Hubert) Und bei der Gelegenheit möcht i dir aa no was sagn zum Thema Maria.

Hubert: Wos 'n?!
Erhard: Des do! (er schlägt dem Jäger ins Gesicht)
Hubert: (brüllt auf, zieht seinen Hirschfänger)
Außi - außi mit dir, auf die Bluatnwiesn! Gemma, gemma!
Erzähler: Mit gezücktem Hirschfänger treibt Hubert Erhard bei der Tür hinaus, der gerade noch ein Messer vom Tisch mitnehmen kann. Immer wieder dringen markerschütternde Schreie der Männer, sowie Keuchen und Stöhnen von draußen herein, während der Kampf der Weiber kratzend, würgend, haarezerrend lautstark fortgesetzt wird. Friedi gelingt es schließlich, Maria auf den Boden niederzuzwingen, wo sie wie besinnungslos auf ihr Opfer losdrischt, bis es keinen Ton mehr von sich gibt.
Friedi: So. Die hätt ma erledigt. Und jetzt zum Hubert!
Erhard: Aaah!
(Hubert tritt, nachdem wir einen fürchterlichen Schrei vernommen haben, den blutverschmierten Hirschfänger in der Hand, rot ist sein Gewand, schwankend und keuchend ein. In seinen Augen leuchtet das Entsetzen des tödlichen Sieges)
Friedi: Was - was is do - Bertl?!
Seppl: Was is gschehgn, Bertl? Bertl, hast du den Hartl ...?
Friedi: Sag schon, Bertl!
Hubert: Umbracht hab i'n. I hob'n erledigt. (Er steht in der Mitte des Raumes, wo er die stille Maria vor sich erblickt und greift sich mit seinen blutigen Händen ins Gesicht, während der Wirt und Friedi zur Tür hinstürzen und hinaussehen. Beim Anblick der Leiche schreit Friedi auf)
Seppl: Na - des hätt er net tuan solln!
Hubert: Er war a zaacher Hund! Do - schau mi an, wia er mi gstochn hat! (er zeigt seine Kriegsverletzungen) Des war Notwehr, reine Notwehr!
Seppl: Nix, nix, nix! *Du* hast'n außigjeikt mit dein Hirsch-

fänger, des hamm ma olle gsehgn!
(Da Hubert nun auch sein Messer dem Wirt gegenüber erhebt, Mordlust in seinen Augen, stürzt sich Friedi in seine Arme und ihm zu Füßen)
Friedi: Hubert! Stürz uns net ins Unglück!
Hubert: Aaner mehr oder weniger, des is jetzt aa schon wurscht!
(Der Wirt wirft sich ihm ebenfalls vor die Füße und winselt um Gnade)
Seppl: Bitte, Hubert, tuas net! Bitte - du
waaßt, i bin der Kreuzwirt und hob nur mei Wirtshaus und sonst nix. Laß mi no a bißl am Lebn bitte, und i werd immer zu dir haltn!
Hubert: (stößt ihn mit einem Fußtritt zur Seite)
Waschlappn, falscher! Du haltst zu an jedn! Abkrageln miaßt i di wia a Suppnhenn!
Friedi: Hör auf, Hubert, halt, Bertl, bevor's z'spät is!
Hubert: Es is schon olles z'spät. Der Hartl is hin, die Maria is hin, was bleibt ma do no?
Friedi: Jo, waaßt du des net, Hubert? - I!
Hubert: Dann is olles z'spät.
Friedi: Aber naa, Bertl! Mir brauchn ka Angst habn vor der Polizei. I waaß a versteckte Almhüttn, die ka andrer Mensch waaß, do kimmt kaaner hin. Dorthin gemma jetzt und du nimmst dei Büchserl mit und schiaßt von Zeit zu Zeit a Stückl Wild und mir lebn glücklich und allaan.
Hubert: Oje - aber es bleibt ma eh nix andres übrig. - Und was is, wenn der do was ausplaudert, der Windbeutel?
Friedi: Der plaudert bestimmt net! Weil, wenn er des tuat, dann hat er, bevor er no ausgredt hat, a Kugel im Bauch drin, is des klar?!
Seppl: I sog nix! I waaß nix, i hör nix, i siehg nix, i war gar net dabei!

(Während Seppl noch ausspricht, beugt sich Hubert zur leblosen Maria; er hebt langsam ihren Kopf vom Boden auf, legt seinen Arm darunter und ergreift zum letzten Mal ihre Hand)
Hubert: Himmel no amol!
Für was bring i den blöden Berschen um,
wenn du aa hin bist?
I versprich dirs Maria,
des verzeih i meiner Alten nie,
daß sie di derschlogn hot,
und wenn i fuchzg Johr no mit ihr leb!
Friedi: Geh weiter, jetzt!(Sie will ihn von der Maria wegzerren)
Hubert: (spricht unbeeinflußt weiter) Ade Maria,
es hat net sollen sein,
das Schicksal hat uns
an Prügel vor die Fiaß gschmissn,
und mir san beide gstolpert.
I waaß net, Maria,
ob i's überhaupt wert gwesn wär,
wenns'd mi gnommen hättst.
Vielleicht bist jetzt glücklicher,
als'd je mit mir hättst werdn können.
Mir wissns net, Maria,
und nie mehr werd ma' s wissn können.
Friedi: Kumm, Bertl, gemma! (Sie will ihn erneut wegzerren)
Hubert:(hört nicht auf sie)
I waaß nur aans, Maria,in deiner Stubn obn, do liegt unser Mitzerl, die waaß von ollem nix, und des is guat. Nie wird sie wissn, wer ihr Vater war, und ihr Muatter wirds aa bald vergessn hobn, und was aus ihr wird, waaß i erst recht net, weil i muaß jetzt mit meiner Bißgurn in die Einsamkeit des

Waldes, in a finstre Hüttn, bis an mei End. Aber denken, Maria, denken werd i immer an di. Pfiad di Gott, griaß di, ade, schöne Maria!
(Er legt Maria behutsam wieder zurück, steht auf und blickt schwermütig auf sie herab)
Friedi: Was hör i do? Des Kind von der Maria is von dir?! Wirt, du waaßt von nix, verstanden? Wenn i des gwußt hätt, hätt i net so vül Umständ gmocht und hätt sie glei durchn Fleischwolf draht!
Seppl: So redt ma net von an totn Leichnam!
Friedi: Kusch, Wirt! Bertl, nimm dei Büchsn und dahin samma! Wegn deine Weibergschichtn, do red ma später no! (Hubert rührt sich nicht vom Fleck) Auf wos wortest'n jetzt no?
Hubert: I kann net so schnell... so aafoch...
Friedi: Nur kaane Spompernadeln! Der Wirt wird auf dein Bankert schaun und mir verschwindn auf Nimmerwiedersehn! Gemma, gemma, bevor wer kummt!
Hubert: Mir bleibt nix derspart! Auf Nimmerwiedersehn! (beide ab)
Seppl: Pfffhhh! Jetzt brauch i aber a Bier!
Sakra, sakra! Do legst di nieder!
Erzähler: Er zapft sich eines und trinkt.
Seppl: Aaah. Jo mei... vielleicht sollert i anrufn. (Geht zum Telefon) Gendarmerie? Jo? Servus. Do is der Sepp. Na, der Kreuzwirt. Tuat ma laad, daß i so spot no anruf, oba bei mir san zwaa Leichn zan obholn. Wenn's dann mitn großn Wagn kummts, gell? Was? Na, eilt net; jetzt nimmer. Bis dann.
Erzähler: Er setzt sich mit seinem Bier an den Tisch, auf dem Maria liegt, stützt seinen Kopf auf seine Hände und starrt sie an.
Seppl: So schön hättst es ghabt bei mir. Aber du mit deine

dauerndn Mannergschichtn!
Wias'd jetzt ausschaust. Ganz zerkratzt hams di. I wisch di ob. (Er holt einen feuchten Lappen und reinigt ihr Gesicht) So a saubers Madel warst, wia s'd bei mir angfangen hast. Und jetzt? Wenigstens in d'Gruft sullst sauber kommen, bevor s'd in d'Höll fahrst. (Er reinigt ihr Gesicht)
Erzähler: Während er ihr Gesicht wäscht, erwacht Maria aus ihrer Bewußtlosigkeit. Der Tod gibt ihren Körper nochmals frei, sie schlägt die Augen auf und erhebt sich langsam, sehr langsam vor dem staunenden Wirt.
Seppl: Jo - wos isn do?
Maria: Wo bin i, bin i im Himmel?
Seppl: Jo, Maria! Du bist im Himmel!
Maria: Und wos machst du da?
Seppl: Sie lebt! I wer narrisch! I wer narrisch!
Sie lebt!
Maria: I leb? Is des sicher?
Seppl: Jo, Maria!
Maria: I maan, i draam - i leb wirklich! Wos is passiert? - Hubert! Bertl, wo bistn!? (Sie betastet sich und fühlt, daß sie lebt)
Seppl: Langsam, Maria, langsam - du bist jo no gar net bei dir!
Maria: Wull, wull - i waaß scho wieder. - Wo isn die Friedi, die blöde Funzn?
Seppl: Maria, Maria, du waaßt garnix. Die Friedi is längst über alle Berg.
Maria: Und der Hubert? Wo is mei Hubert?
Seppl: Es gibt kaan Hubert mehr! I bin dei Hubert, Maria, waaßt du des net?
Maria: Du bist der Sepp.
Seppl: Fraali bin i der Sepp, aber der Sepp is ab jetzt dei Hubert, verstehst?

Maria: Nix versteh i. Und Hubert bist du kaaner.
Seppl: Also, wenn s'd es genau wissn wüllst - wia di die Friedi bewußtlos gschlogn hot, hat der Hartl dem Bertl aane gebn, voll durchzogn hat er und fest antaucht. Auf des hin is der Bertl mit'n Hartl außi vor die Tür, jeder mit an Gwehr, und auf aamol gehts puff! puff! - und olle zwaa san umgfolln, mausetot. I bin grad no dazuakommen, wia der Hartl gsagt hat, des hob i für die Maria gmacht - und schon hat er die Augn ibadraht. Jo, und der Bertl hat sei Hand an sei bluatigs Herz ghaltn und hat gsagt: i sag nur aans, grüß mir die Maria - und schon hats n niederprackt und er hat sei Lebn ausghaucht, tot, mausetot san alle zwaa daglegn und der Bertl hat no gsagt: Sepp, jetzt muaßt du di um die Maria kümmern. So war des, und jetzt sans alle weg, außer uns zwaa.
Maria: Na - des derf net wahr sein!
Seppl: Leider, leider is des die Wahrheit und nix als die Wahrheit. Und jetzt, Maria, jetzt steht uns kaaner mehr im Weg!
Maria: Der Hartl is hin - der arme Hartl? Und mei Bertl is gstorbn - mei schöner Bertl? Alle sans furt? - und die Friedi?
Seppl: Die hamma lebn lassn, die hamma auf d'Alm zruckgschickt, und von durt derf sie si nimmer obatraun! Jetzt samma nur mehr mir - jetzt bleibt uns nix, außer uns selber, was?
Maria: In Gottsnam, wenns alle andern derschlogn ham - wos bleibt ma sonst no iba?
Erzähler: Jetzt wendet sich die Liebe Mariens endgültig und eindeutig dem 50jährigen Favoriten ihres Herzens zu. (Das plötzliche Quäken des Kleinkindes dringt wieder von der Stube auf die Bühne)
Maria: Marandjosef! Mei klaans Mitzerl hätt i fast verges-

sen! Wia s schreit vor lauter Hunger!
Seppl: Und daß'd es glei waaßt - jetzt, wo ma zsammghörn, ghört aa die Mitzerl zu mir; des is ab jetzt aa *mei* Mitzerl, und der Vater bin *i* - verstehst?
Maria: Des hätt i net denkt, daß i amol so an liabn Mann kriag!
Seppl: So, und jetzt gehst aufi zan Mitzerl und gibst ihr amol die Brust!
Maria: Jo, Wirt, - jo, Seppl, mei lieber Seppl!
(ab)
(Sobald die Muttermilch rinnt, hört das Quäken wieder auf)
Seppl: Ha - wer hätt si des denkt, daß des Weib amol zu mir ghört! Jo, schlau muaß ma sein, und wartn muaß ma können, und wenn ma wart, muaß ma schlau sein, bis es paßt, und wenns dann paßt, dann muaß ma zuaschlagn. Dann gibts nur mehr aans: zuagschlagn muaß werdn! Jo, des Dirndl ghört mein mitsamt ihrer Brust, mir ganz allein und meiner Lust. Jo, schlau muaß ma sein, und wartn muaß ma können, dann schmeckt das Krügel doppelt so guat!
(Erhard robbt, von Darstellern und Publikum unbemerkt, zurück in die Wirtsstube und bemächtigt sich des von Hubert zurückgelassenen Gewehrs)
Erzähler: Während der Wirt sich noch schnell ein Krügel genehmigt, kommt Maria mit dem gestillten Säugling in der Wiege wieder zurück in die Wirtsstube.
Maria: Schau, wer do kummt!
Seppl: Ja, wo is denn unser klaans Mitzerl? (Er beugt sich über die Wiege und kitzelt das Kind) Ja, wo is es denn, des klaane Mausilililililili?!
Maria: Schau, wer do kummt! (sie beugt sich jetzt ebenfalls über die Wiege und kitzelt das Kind) Schau, jetzt lachts scho wieder, unser klaans Mitzerl.

Seppl: Ja, wo is es denn? Ha! Ja, wo is es denn, ha?! Jetzt lachts scho wieder, unser klaans Mitzerl! Mausilililili, ha!
Friedi: (aus der Ferne, das Todesjodlermotiv)
Ho-li-joo... ho-li-jooo!
Seppl: Jessas, die Friedi!
Erzähler: Beide starren entsetzt.
Maria: Wos wüll denn die no?
Seppl: Schnell, Maria, versteck di!
Maria: Wieso dn?
Seppl: Frag net! Schnell! Schnell! Schick di!
Erzähler: Der Wirt kann gerade noch rechtzeitig Maria hinter der Theke verstecken, als sich erneut die Eingangstür öffnet und Friedi und Hubert wieder hereinkommen.
Friedi: Wo hastn dei Scheiß-Büchsn? Do is! (Der blutverschmierte Erhard hat sich aufgerappelt und zielt mit dem Gewehr auf Friedi) - Der Haaartl!
(Erhard erschießt Friedi und gerät in einen Blutrausch; er bringt Hubert und den Wirt um. Das Kind schreit, Maria eilt zu ihm, wird ebenfalls von Erhard erlegt. Auf dem Leichenfeld baut er sich auf und richtet sich selbst.)
Erzähler: Das Leben ist hart, hart ist das Leben, doch wenn man sich liebt, kanns nix Schöneres geben!
(Maria, Friedi, Erhard, Hubert und der Wirt stehen in Zeitlupe auf und putzen sich ab; nach einem schlimmen Rausch nehmen sie ihre Glieder wieder in Betrieb)
Chor: Wenn i in deine Augen schau,
dann schnackeln mir die Knie,
dann wirds mir aa im Magen flau,
dann steht mei Herz in voller Blühe.
Wenn sie sich in die Augen sehn,
dann zittern ihre Beine.
Dann will vor Freud die Lust erstehn,
dann nimmt er ihre und sie seine.

Maria, Friedi, Erhard, Hubert, Seppl: (das Ganze noch einmal) Wenn i in deine Augen schau...

DER GICHTIKER IN DER WELTGEGEND

Die durchschnittlichen Gegenden der Welt sind formbare und daher bereits verformte und daher deformierte Gegenden. Die Weltgegend ist eine formende Gegend. Im eigentlichen Sinn ist die Weltgegend gar keine Gegend, weil eine Gegend passiven Charakter trägt: sie definiert sich als das Gegenüber des Menschen, als das, wovon sich der Mensch abgehoben hat. Gegend meint also Gegnerisches (Bedenke die französische Gegend, "contré" oder die italienische, "contrada"!) und gleichzeitig das Übersteigen des Gegenübers durch Abheben oder auch Überheben. Insofern, nämlich als im Begriff Gegend immer der Charakter eines möglichen Geformtwerdens eingeschlossen ist, kann es also so etwas wie eine Weltgegend, die ja selber formend ist, gar nicht geben. Wir werden daher präziser, nennen die Weltgegend Weltlandschaft und widmen die vorangegangenen Ausführungen Heidegger und seiner philosophischen Methode der Zurateziehung des Duden Band 7, Etymologie. Gleichzeitig werden wir konkreter und gehen mitten in eine der unbekanntesten Weltlandschaften (von dieser Unbekanntheit nehmen wir aus den Hans Carl Artmann, den häufigsten Besucher und größten Liebhaber von Weltlandschaften überhaupt), nämlich in die Weststeiermark, und zwar in den Teil der Weststeiermark, der eine Weltlandschaft ist - die Schilchergegend. Der unpräzise Ausdruck "-gegend" wird beibehalten, weil er präzis die Wortwahl der Bewohner der Schilchergegend wiedergibt. Es ist der kleine Flecken Land, der einzige in der ganzen Welt, wo einer der letzten reinen Weine aus einer einmaligen Traube, der Wildbacher Traube, gekeltert wird: Schilcher. Die Durchschnittsbewohner von durchschnittlichen Gegenden, die sich in diese Weltlandschaft verirren, nennen diesen Wein einen sauren Rosé-Wein. Der Bewohner der Schilchergegend greift in diesem

Falle stumm zu seinem Glas und streichelt das Getränk liebevoll mit seiner Kehle. Er bedarf der sauren Worte nicht, um einzustehen für diesen herben Nektar, im Gegenteil, es ist ihm lieber, wenn er nur in würdige Bäuche rinnt. Die Schilcher-Würdigkeit der Bäuche - und das mag auch die geringe Verbreitung des edlen Tropfens erklären - sie kommt fast nur den Bewohnern der Schilchergegend selbst zu. (Es sind Bäuche, die in der Regel ein männliches Geschlecht haben). Das bedeutet nichts anderes, als daß die wahren Schilcher-Trinker ausschließlich in der Schilchergegend wohnen.

Die lebensnotwendige Anpassung an die Landschaft bringt es mit sich, daß auch etwaige Einwanderer in die Schilcher-Zone, die sich hier seßhaft machen, als Erstes zu landschaftsgemäßen Trinkern werden. Ohne diesen Selbstschutz, den die Landschaft gewährt, hat der Neuankömmling keine Chance, adäquat auf die Lebensäußerungen der Einheimischen zu reagieren, was nicht immer gefahrlos ist - denn der von einem Direktträger gewonnene Tropfen heißt im Munde des Einheimischen auch Rabiatperle. Er weiß, wovon er spricht. Anders gesagt: Nur ein Schilcher-Trinker kann einen Schilcher-Trinker aushalten. (Da Schilcher, wie erwähnt, zumeist von Männern getrunken wird, steht es um die Ehen in der Schilchergegend nicht gerade zum Besten. Der chronische Genuß von Schilcher führt daher zwangsläufig zu einer starken Männerherrschaft - eine direkte Auswirkung der formenden Kraft dieser Weltlandschaft).

Die Weinstöcke dieser Landschaft zählen zu den knorrigsten Arten überhaupt. Der außergewöhnliche Knotenreichtum der Reben hat eine einfache Erklärung: es handelt sich um Gichtknoten, um pflanzliche Gichtknoten. Die gesamte Schilcher-Zone befindet sich in einem gichtigen Zustand. Die Gicht ist hier keine Krankheit, sondern ein Landschaftszustand, der selbstverständlich direkte Auswirkungen auf die Bewohner hat - sie sind allesamt Gichtiker, und zwar, genauer, Balance-Gichtiker. Nur der Einwanderer ist es, der die Gicht, kurz nachdem er zum Schilcher-Trinker geworden ist, als Krankheit erfährt, und zwar spätestens im ersten Frühling nach seiner Ansiedlung, denn das untrüglichste Zeichen für das Nahen des Frühlings ist der Gicht-Anfall. Nach diesem schmerzhaften ersten Befall eines Körpergelenks tritt er jedoch den Weg in die schmerzfreie Gicht-Balance an, in das Vergessen der Gicht; denn im Laufe der Jahre nimmt die Stärke der Anfälle ab, ihre Häufigkeit hingegen zu. Den Schilcher-Gichtiker braucht das nicht zu beunruhigen, denn er hat ja das Mittel, mit dem er den Schmerz bekämpfen kann, in der Hand: den Schilcher. Der Schilcher-Trinker ist zwangsläufig ein mäßiger Trinker - er setzt das Getränk ein, um eine Balance zwischen Schmerz und Verdrängung des Schmerzes zu halten. Der Schilcher erweist sich so als Auslöser und gleichzeitig als Verdränger des Gichtschmerzes, er zwingt den Bewohner der Schilchergegend zum Maßhalten: denn trinkt er soviel, daß er die Schmerzbefreiung übersteigt zum hemmungslosen Genuß des Augenblicks, der ein Schilcher-Blick ist, so schlägt der nächste Gicht-Anfall mit umso größerer Stärke zurück - der nur mit einer doppelten Dosis Schilcher wieder zu verdrängen wäre, woraus sich ein noch stärkerer Anfall ergäbe und so weiter in einer geometrischen Reihe, die nur deswegen keine unendliche werden kann, weil auch die Leber ein Wörtchen mitzureden hat. So hat es die Mutter Natur in der Weltlandschaft des Schilchers eingerichtet, daß der wahre Genuß in der Mäßigung liegt.

WESTSTEIRISCHE NOVELLEN

PROLEGOMENA

Die Weststeiermark, ein Zustand

Die Weststeiermark ist keine Landschaft, sondern ein Zustand.
Dieser Zustand führt von der Gleinalpe über die Stubalpe auf die Packalpe, über die Hebalpe auf die Koralpe, in die Soboth, auf den Radlpaß, und von dort schnurstracks in Richtung Graz, aber nur bis Lieboch. Dort macht der Zustand eine Kurve in den Westen, wo er wieder in die Gleinalpe, die Stubalpe, die Packalpe etc. mündet. Innerhalb dieser Linien herrschen die Zustände, die als weststeirische bekannt sind. Sie unterscheiden sich wesentich von den reststeirischen Zuständen.

Die heimliche Hauptstrasse

Die Hauptverkehrsader der Weststeiermark ist, obwohl sie auf den Straßenkarten kaum zu erkennen ist, die Schilcherstraße von Ligist nach Eibiswald. Hier rauschen die Weststeirer dahin.

Der Westen beginnt im Süden

Obwohl die große Mehrheit der Steirer weitaus westlicher wohnt als die Weststeirer, sind sie keine Weststeirer, sondern bestenfalls Obersteirer oder Nordsteirer. Oberhalb der Weststeiermark ist der Westen zu Ende. Der Westen beginnt also im Süden und stößt in der Nähe von Graz direkt auf den Osten.
Im Geographieunterricht haben die Steirer seit jeher wegen Krankheit gefehlt.

Vom Blasen

Weststeirer sind autarke Menschen. Sie produzieren nicht nur den Wein, den sie trinken, den Schilcher, sondern gleich auch noch die Gläser, aus denen sie ihn trinken, in der Glasbläserei in Bärnbach. Das Blasen zählt überhaupt zu den Lieblingsbeschäftigungen des Weststeirers, der auch ein vehementer Freund von Blaskapellen ist. Das ständige Heben der vollen Gläser in Augenhöhe dient übrigens nur der Qualitätskontrolle des geblasenen Glases. Da ist der Weststeirer genau wie kaum ein anderer.

Der Blick nach unten

Die gesamte Weststeiermark ist von Bergen umschlossen. Kein Wunder, daß sich Alban Berg hierher zurückgezogen hat und seine "Lieder von der Ebene" komponiert hat: im Westen die vielen Wälder und auf der anderen Seite Berge von Oststeirern.

In der Finsternis

Wenn es finster ist, ganz stockdunkelfinster, bleiben alle Weststeirer zuhause, weil sie sich fürchten. Aber es ist noch nie stockdunkelfinster gewesen in der Weststeiermark.

Einmalig

Eine Eierspeise, die in heißem Kürbiskernöl zubereitet wurde, hat man außerhalb der Weststeiermark noch nicht gegessen. Bis heute!

So ein Glück

Fremdenhaß kennt der Weststeirer nicht, weil er keine Fremden kennt.

Vom wilden Westen der Steiermark

Die Jägerschaft ist voll ausgebildet und steht Gewehr bei Fuß. Die Schonzeiten sind heuer gestrichen.

An der Grenze zum Wahnsinn

Man besteige einen Gipfel der Koralpe und richte seinen Blick nach Westen.

HURTIGE FAHRT

Wir wuchten die Reifen auf unsere Autos und nähen ihnen Spikes ein. Und jetzt geht die Fahrt erst richtig los. Schade, daß jetzt Sommer ist. Was wäre das für ein Spaß im Winter! Im Winter, wo alle steckenbleiben in der Weststeiermark!

DER JARGON DER EIGENTLICHKEIT

Nordsteirer, die steirischen Barbaren, reden kurz, weil kurz nach ihnen das Ausland ausbricht; Weststeirer sprechen ebenfalls kurz, aber nicht, weil sie ans breitgezogene und -gesprochene kärntnerische Ausland angrenzen, sondern weil sie von ganz besonderen Säften genährt werden, auf deren Boden der Jargon der Eigentlichkeit wurzelt. Weststeirer sprechen wenig, weil sie nur das Wesentliche benennen. Der steirischen Dialekte sind viele, das eigentlich Steirische sprechen aber nur die Weststeirer. Wenn es einen Diphthong gibt, dann in der Weststeiermark: hier heißt er Tiaftoung - und nähert sich so, wie wäre es anders zu erwarten, seiner wesentlichen Bedeutung, wie es das Englische ersichtlich macht: deep tongue = tiefe Zunge = Jargon der Eigentlichkeit.

VOM BESSEREN LEBEN

Eine Handvoll Wiener und ein Knödel von Burgenländern in den weststeirischen Fäusten: und an den Daumenkuppen die Sehnsucht nach einem besseren Leben.

SPEZIALTRANSPORT

Der Flascherlzug von Stainz wird so nicht wegen seiner Benützer genannt, sondern nur wegen des Glastransports.

ENTSORGUNG

Der Euter einer schwarz-weiß gefleckten Kuh aus Kotvogel verselbständigte sich und lief ohne Kuh über die Weiden. Die Singvögel, die ständig mit Milch bespritzt wurden, konnten ihre verklebten Flügel nicht mehr beflattern und landeten in den weitaufgerissenen Mäulern der Bauernkatzen. Die benachbarten Obstbauern spritzten ihre Bäume aber auch bei starkem Wind, sodaß der Verzehr der Milchschwalben nicht gerade als gesund bezeichnet werden konnte.
Ein arbeitsloser Bernhardiner aus Vochera am Weinberg übernahm schließlich die siechen Zirrhose-Katzen und verscharrte sie kostenlos in Bad Gams, das durch seine Heilquellen bekannt ist.

VOM WALDSTERBEN

Noch wußte der Absetzwirt nichts von unserer Existenz, wohl aber wir vom Absetzwirt. Wir näherten uns von der Seite des Klugbauern, gestärkt mit frischen Forellen. Unterwegs ließ man zwei Rehe aufmarschieren. Aber sonst blieb der Forst still. Die Wälder stehen noch. Und wenn man sie läßt, bleiben sie. Ob man sie läßt, wissen wir leider nicht. Der Absetzwirt dürfte das Waldsterben jedenfalls überleben.

ERFOLGREICH, ABER TRAGISCH

Boris, ein Wallach vom Freizeitzentrum Rauchhof in Wald-Süd, hatte genug von den Touristenhintern auf seinem Rücken und wechselte die Sportart: er begann mit Bodentennis.
Nachdem er ein Turnier gegen eine durchschnittliche Ärzterunde aus Graz gewonnen hatte, wurde er mit Platzverbot belegt. Er ist jetzt erfolgreicher Sportfischer und angelt Forellen aus dem nahegelegenen Stainzbach. Fragt sich nur, bis wann man ihm auch dort das Wasser abgräbt.

GEHEIMNISVOLLE ÖRTLICHKEITEN

Die Weststeiermark ist nichts für Uneingeweihte.Touristen, die es trotzdem probieren, suchen seit vielen Jahren vergeblich nach Rosegger in Rossegg, nach Rosen am Rosenkogel, nach Schwänen in Schwanberg, nach Rotwein in Rothwein, nach Glas in Glashütten, nach Gemsen in Gams, nach Wein auf der Weinebene, die ein Paß ist, nach Oster-Witzen in Osterwitz, oder nach der "Lucona" in Edelschrott, selbst in der Stoff-Hütte beim Stoffkogel ist kein Stoff, sondern nur Alkohol zu bekommen. Bloß in Krottendorf sind einige Krotten zu sehen.

IN VOITSBERG

Hier wächst kein Schilcher, keine Edelkastanie und kein Kürbis. Es gibt keine Seilbahn, keine Straßenbahn, keine U-Bahn, keine Schnellstrasse und keine Autobahn. Hier steht kein Fernsehsender, strahlt keine Rundfunkstation, rinnt keine Heilquelle. Es gibt keine Kur, die man in Voitsberg machen könnte. Eine ideale Urlaubsstadt, fern jeder Vermarktung! - Wenn nur die Kinder nicht so häufig husten müßten, beim Smog-Alarm.

UNTER GENIESSERN

Und als die teichkalten Forellen vom Rauchhof in Wald-Süd einen Ausflug in unsere vorgewärmten Teller unter der schattigen Weinlaube machten, begleitet von einer netten Schilcherschaumsoße und einer kühlen Karaffe Wein, und als der frischgestochene Spargel butterweich auf unseren ledrig zerrauchten Zungen zerging, und als die glasierten Maroni im Licht der untergehenden Sonne einen Strahlenreflex in den kürbiskernüberfluteten knakkigen grünen Salat sandten, sodaß das Chlorophyll zu blitzen begann, da erhoben wir unsere Gläser und unsere Nasen und unsere Lippen - und unsere Blicke schweiften weit in die Runde bis an den Horizont des Wohlgefühls und eine Ahnung stieg in uns auf, die sich zur Gewißheit läuterte: wir waren im tiefsten Herzen der Genußsteiermark angekommen!

SIEG FÜR DEN DALAI LAMA

Den Dalai Lama, den es auf der Flucht nicht vor den Volks- sondern den Regierungschinesen bis in die Steiermark verschlagen hatte, führten wir selbstverständlich in das erste Haus am Platz zum Essen, nämlich nach Köflach zum Kleinhapl. Der Gottkönig nahm alle Speisen mit seinem geistigen Auge wahr und verneigte sich tief vor den Künsten der Künstler der Küche. Anschließend ließ er sich zum Wirtbartl auf die Koralpe bringen, um eine weststeirische Schwammerlsuppe zu sich zu nehmen, die ihn ausreichend stärkte, um eine Partie auf der Naturkegelbahn beim Jägerwirt zu gewinnen.

ALTE TRADITIONEN

Ein Sterbling aus Garanas geriet in grenzenlose Wut (unabsichtlich), obwohl sein Beruf dem Ende zuging. Er verlegte sein beschissenes Leben ins Ausland, sodaß niemand im Inland mehr merken konnte, was er tat. Trotzdem blieb in Garanas alles beim alten.

ZEICHEN AM HIMMEL

Zwei große leichtgasgefüllte Schwerballons schwebten über der Schilcherstraße. Der erste stürzte, man weiß nicht warum, in Steyeregg ab. Der zweite, man weiß nicht warum, vergaß zu landen, jedenfalls schwebt er heute noch. Wenn es regnet, glänzen seine feuchten Flächen. Er kommt immer wieder, auch in der Nacht. Er ist auch da, wenn man ihn nicht sieht. Er läßt sich durch rein gar nichts vertreiben.

LEICHTE VERLETZUNG

In Lasselsdorf verloren wir den ersten Schuh. Wir ließen ihn dort und dachten nicht im geringsten an Wundschuh. Später rasten wir doch noch nach Wundschuh, öffneten eine Flasche Bier und betrachteten unsere Verletzung. Unser Leiden, so stellte sich heraus, hielt sich in Grenzen; es reichte nur vom Nabel bis zur Ferse. Franz Nabl replizierte treffsicher: "Alles - nur kein Ferstl!" (Wobei er wahrscheinlich meinte: Gerstl, er verwechselte ja immer Fuß und Auge).

IN DER SÜDSEE

Ein Edelweiß vom Großen Speik-Kogel wohnt in der Brusttasche des Josef P. von der Schwarzen Sulm. Es wächst zwar nicht mehr, aber es blüht unaufhörlich weiter, auch jetzt, wo die Brusttasche des Josef P. längst in Neuseeland gelandet ist. Daher diese unverständlichen Jodler in den Kauri-Wäldern der Nordinsel, die den Maoris so viel zu denken geben.

VRONI UND NIKI

Weststeirer sind Bewohner der Phantasie. In der Ortschaft Gamsgebirg beispielsweise gibt es weder Gemsen noch Gebirge, wohl aber wohnen dort Vroni und Niki mit ihrer Resi und erzählen sämtlichen Besuchern aus der Nichtweststeiermark von den vielen Gemsen und Gebirgen rundherum. In der Weihnachtszeit schlachten sie Osterlämmer, die sie beweinen, als wär's Allerseelen, die Geburtstagstorte essen sie zu Lichtmeß, und bei Schlechtwetter steigen sie auf die Stainzer Warte, um Neuigkeiten aus dem Ausland aufzuschnappen. Dann gehen sie nach Hause, trinken ein Krügel Most und schnapsen das Bummerl aus, das immer einer haben muß. Jetzt ist es schon so weit, daß Niki nie wieder ins Burgenland zurück will.

DREI SCHNELLE ZÜGE GEHN

Von Graz nach Köflach und von Graz nach Wies kann man auch mit der Eisenbahn fahren. Aber in diesen Zügen spielt kein Musikant, und die Getränke für die Reise muß jeder selber mitbringen. Daher ist es ratsamer, gleich den Flascherlzug von Stainz nach Wieselsdorf zu benützen, wo Musik und Schilcher im Fahrpreis inbegriffen sind und der Bahnhof von Graz überhaupt nicht angefahren wird.

SPEZIALPFERDE

Die Lipizzaner von Piber gelten für ganz Österreich.

PROBLEME MIT DEM AUSLAND

Lee Harper, Jazztrompeter aus den USA, wurde von Harald Neuwirth, Jazzpianist aus Schwanberg, in die Fanni Bar auf ein kleines Achterl Schilcher eingeladen. Harper, der Fanni Bar mit Funny Bar verwechselte, gab einen Witz nach dem anderen zum besten. Die Fanni Bar blieb tod ernst. Kein US-Witz wurde verstanden. (Die Gegend um Pölfing-Brunn ist auch sehr schlecht auf Amerika zu sprechen!)

DER NIESER VON ST. STEFAN

Ein frisches Unterleiberl, ein offener Hemdkragen, ein lichter Blick und zwei Feiertage hintereinander - aber bitte, so kann das auch nicht weitergehen! Diese Kälte!

WILDE BURSCHEN

Zwei Kumpane, die schneller zogen als die Polizei erlaubte, wurden in Marhof auf der Straße verhaftet. Sie kamen nur mit dem Leben davon, weil die Beamten von der Gendarmerie waren.

GEPÄCKSTRÄGERDRAMA

Zwei Berufsmusikanten aus Frauental pflegten die lange Strecke nach Graz mit dem Fahrrad zurückzulegen. Da sie keine Gepäckträger auf dem Gefährt hatten, war es ihnen unmöglich, ihre Musikinstrumente, eine Baßgeige und eine Tuba, mitzunehmen. Ihre Konzerte in Graz mußten regelmäßig kurzfristig abgesagt werden. Jetzt probieren sie es gleich gar nicht mehr und spielen nur mehr in Frauental.

PACK-UNFALL

Heller Sonnenschein auf der Packautobahn. Unterwegs: Gerald G. aus Graschuh im neuen Mitsubishi. Um die Kurve mit 150, darauf dichter Nebel. Wahrscheinlich lag der Nebel schon in Kärnten. Sicher ist nur, daß Gerald G. im zuständigen Friedhof von Stainz liegt.

SCHLIMME FOLGEN

Ein Krügel Bier aus Puntigam vermählte sich mit einem Puderl Sliwowitz aus Freiland. Es kam zu Nachwuchs. Man darf es nicht laut sagen, aber die Rauschkinder machten einen Ausflug nach Klagenfurt, wo sie blieben.

DRINGENDE FRAGE

Zwischen Lannach und Stainz liegt Rossegg. Dort lebt der prominenteste Vermißte der Steiermark nicht. Er heißt Peter Rosegger. Er ist derart vermißt, daß sich niemand mehr an seinen Namen erinnern kann. Heute kann ganz Rossegg bezeugen, daß es niemals einen Rosegger in Rossegg gegeben hat. Wer, bitteschön, lebt jetzt eigentlich in Rossegg? Rossegger?

MORBUS ALZHEIMER

Ein junges Mädchen vergaß immer wieder, was Pyramiden sind. Ob daran nur die Weststeiermark schuld ist, wissen wir nicht mit Sicherheit.

IN DER FREIEN NATUR

Und dann war da plötzlich ein Mensch namens Yvonne mit weiblichen Geschlechtsmerkmalen in Sauerbrunn. Unsere männliche Existenz geriet derart in Erregung, daß unser Körper unversehens das dreifache Volumen des Üblichen einnahm. Wir verfielen der totalen Geschlechtlichkeit. Endlich sprachen wir wieder über die Natur jenseits der Grünen, Roten und Schwarzen, und unsere Lust wuchs höher als die bekanntesten Parasole. Sauerbrunn deckten wir zu mit einem Teppich aus Zuneigung und Zärtlichkeit, auf dem sich unsere Körper ergingen. Glücklicherweise war auch schon ein Badeteich in den Fluren errichtet worden, wo wir unsere glühenden Seelen kühlen konnten. Als wir an Land gingen, dampfte das Wasser.

SPÜRBARE ERLEICHTERUNG

Einer aus Marhof, der einen schweren linken Arm hatte, schaffte es nicht, ein Glas Wasser zu seinem Munde zu führen. Rauchen konnte er nur mehr rechtshändig, waschen konnte er sich nur mit einem Arm, seine Hose mußte er mit den bloßen rechten Fingern zuknöpfen. Als es ihm zu blöd wurde, nahm er einen Hammer in die rechte Hand und schlug den Gips herunter. Jetzt geht alles wieder beidhändig. Ein Glas Wasser versucht er jetzt nicht mehr, in die Nähe seines Mundes zu transportieren.

AUF HALBEM WEG

Kurz vor Deutschlandsberg liegt Wildbach. Franz Schubert erreichte Deutschlandsberg nie (er plante den Ausflug, doch, ach, über Wildbach kam er nicht hinaus). Kurz vor Stainz liegt Pichling, doch den Schöberlwirt überschritt Alban Berg nicht (Rauf auf die Koralpe!). Hüttenegger betrat Kotvogel, doch die Weingärten begannen zu flüstern und den Jagawirt erreichte er nie. (Fort nach Kärnten!) Innerhofer hustete sich bis nach Schwanberg durch, aber das Moorbad war auf Betriebsausflug und ebenso die grüne Madonna von Teipl. Da pfiffen alle gemeinsam auf das uneigentliche Leben und verließen die ausgetretenen Pfade auf halbem Weg.

GERECHT UND UNHARMONISCH

Der Vater hat sich immer um Gerechtigkeit bemüht, denn die Gerechtigkeit hält die wacklige Ordnung der Welt aufrecht. Was die Welt braucht, ist Gerechtigkeit; auch wenn die Welt in Wielfresen stattfindet.
Am Montag ist der Vater zwar noch müde, aber er kann sich dennoch aufraffen, auf eine freche Bemerkung des 12-jährigen Sohnes mit einer gerechten Ohrfeige zu antworten. Weil zuviel Dummheit nicht toleriert werden kann, sie schadet im späteren Leben, werden der 5-jährigen Tochter am Dienstag gerechterweise die Löffel langgezogen. Der Säugling, der besonders mittwochs durch überlautes Gebaren alle Aufmerksamkeit auf sich lenken will, kriegt eine saftige Nuß auf seine Glatze verpaßt, damit er den Arm der Gerechtigkeit rechtzeitig kennenlernt. Am Donnerstag haut der Vater dem verkalkten Großvater kräftig ins Gesicht, weil er sich schon wie ein Kind benimmt, das um die Lektion der Gerechtigkeit bittet. Jeden Freitag weiß auch die Mutter, daß sie der gerechten Züchtigung durch die flache Hand des Vaters nicht entgehen kann, weil die Harmonie des Familienlebens nach gerechter Verteilung strebt. Am Samstag übt der Vater die Gerechtigkeit im Gasthaus, etwa beim Jägerwirt oder beim Wirtbartl, wo der Schwager laute Reden gegen den Bundespräsidenten hält, die mit einem gerechten Hieb in den Unterleib gesühnt werden müssen. Daß die Gerechtigkeit aber dennoch ein Ende hat, weil der Mensch endlich ist, muß der Vater seufzend am Sonntag zugeben. Er findet einfach nicht mehr die Kraft, nach dieser anstrengenden Woche der Schwiegermutter mannhaft das Maul zu stopfen, wie es sich eigentlich gehört hätte. Auch der Vater

muß einmal ruhen. Die Harmonie in der Familie leidet zwar darunter, aber die Ausübung der Gerechtigkeit übersteigt manchmal auch die Kräfte des gesündesten Vaters.

DER MESSIAS AUS NEUSEELAND

Als Friedensreich Hundertwasser das erste Mal aus Neuseeland in die Weststeiermark kam, segnete er alle Misthaufen und sprach mit ihnen brüderlich. Alsdann renovierte er noch die Kirchenfassade von Bärnbach und verkündete: Bleibt so, wie ihr seid! Und die Weststeirer gingen hin und glaubten ihm.

DIE DIAGNOSESTRASSEN

In der Methode der Diagnostik hielten sich die beiden berühmtesten Ärzte der Weststeiermark, der Klöpfer Hansl und der Höllerhansl, streng an die Bibel, und zwar an die weststeirische Übersetzung der Bibel, wo es heißt: "An ihren Getränken sollt ihr sie erkennen!" Klöpfer hielt es mit dem Schilcher, Höller mit dem Urin. Daher reisten die Patienten nach Eibiswald nie ohne eine große Flasche Schilcher, die sie dem Arzt überreichten, während die Fahrt nach Stainz nicht so beschwerlich war - die Patienten tranken den Schilcher schon vorher oder unterwegs, und kamen zum Höllerhansl immer nur mit einem kleinen Fläschchen Urin. Klar, daß der Höllerhansl mehr Zulauf hatte: den Flascherlzug von Stainz kennt inzwischen jeder - niemand aber den Flaschenzug von Eibiswald; er wurde nie in Betrieb genommen. (Beide Ortschaften mit den verschiedenen Diagnostik-Traditionen sind heute aber dennoch durch die schmale Schilcherstraße verbunden; obwohl sie sich gegenseitig nicht riechen können).

EINDEUTIGE VORSCHRIFT

Ohne gültigen Fahrschein ist die Benützung der S-Bahn von Graz nach Eibiswald untersagt. Da sich die Errichtung der S-Bahn noch im Planungsstadium befindet, werden zur Zeit gültige Fahrscheine überhaupt nicht ausgegeben. Wer trotzdem mit ihr fährt, hat mit empfindlichen Geldstrafen zu rechnen, weil die Benützung der S-Bahn nur mit einem gültigen Fahrschein erfolgen darf.

SCHÖNE AHNUNG

Der Lehrer von St. Josef in der Weststeiermark hatte eine schöne Frau, die er mehr liebte als Haus und Hund. Als wir bei ihm vorbeischauten, lud er uns unter seine Weinlaube und tischte hausgemachte Speisen auf. Wir labten uns und unterhielten uns angeregt bei hundsgemachtem Gebell. Er bot uns alles an, was Haus und Hund zu bieten hatten und wir langten kräftig und lustvoll zu. Was seine Frau zu bieten hat, können wir nur ahnen.

FREMDENVERKEHR

Herr Hotter, der neue Fremdenverkehrsmanager des Landes Steiermark, verweist zu Recht darauf, daß in allen klassischen Reiseführern die einheimische steirische Bevölkerung immer mit einem großen Kropf dargestellt wird. Das österreichische Salzmonopol, das mit seiner Einheitsjodierung zum einheitlichen Verschwinden des berühmten steirischen Kropfes geführt hat, hat nun auch den steirischen Fremdenverkehr in das Debakel geführt. Dagegen hat nun Herr Hotter, der das Ursprünglich-Steirische in Gefahr sieht, ein wirksames Konzept erarbeitet: Ab einer Höhe von 1500 m über dem Meeresspiegel wird die Bevölkerung per Landeserlaß wieder wie früher mit unjodiertem Salz aus dem steirischen Salzkammergut versorgt - mit dem Salz, wie es uns die Mutter Natur gegeben hat. Sobald die ersten Kröpfe wieder sprießen, werden sämtliche Höhenregionen der Steiermark zu Reservaten erklärt, in die die Touristen mit Sessellifts und Bussen im Pendelverkehr eingeschleust werden.
Herr Hotter ist schon zum großen steirischen Verdienstkreuz vorgeschlagen worden, will aber vorher eine Kropfsteirerin heiraten.

AUSWANDERUNGSPROBLEME

Zwei Amerikanerinnen, die mit den letzten Präsidentenwahlen in den USA nicht ins klare kamen, siedelten sich in der Weststeiermark an, und zwar in Tanzelsdorf und daneben in Lasselsdorf. Sie hießen Cathy und Gina. Bald hatten sie österreichische Männer und Kinder, die aber nach der letzten Präsidentenwahl in Österreich plötzlich die Auswanderung nach Amerika erwogen. Doch ganz Österreich war inzwischen auf die Watch-List gekommen. - Das Auswandern selbst wird überhaupt von Jahr zu Jahr schwieriger. Ob man die Präsidenten generell abschaffen soll? Ob dann nicht alle daheimbleiben?

FRISCHER FISCH

Zwei volltrunkene Ligister stellten eine Leiter auf, um den Plabutsch zu besteigen. Der Plabutsch war, wie immer, unbeleuchtet. Die Ligister hatten Glück im Unglück. Sie kamen mit Hautabschürfungen davon und machten sich hernach auf den Weg nach Hause, nicht ohne dem Spitzwirt in Lieboch ihre Aufwartung zu machen. Sie aßen frische Adria-Sardinen, bestanden jedoch darauf, nur Ölsardinen erhalten zu haben und zahlten daher nur den Preis für Ölsardinen. Der Koch des Spitzwirts ist seither abgängig.

SCHWEINEREI

1987, es war Winter, verirrten sich drei Wildschweine nach Rassach. Davon gab es aber schon genug in Rassach. Sie wurden alle erschossen, bloß ein viertes kam mit dem Leben davon. Es wohnt jetzt in Preding.

FARBTON

Eine schreiende Farbe aus Deutschlandsberg hinterließ im Hause Temmel einen Klecks. Wolfgang Temmel legte eine Platte aus Nordafrika auf und gab dem Gerät volle Pulle. Schließlich schaffte er es, die Farbe zu übertönen. Er selbst blieb dabei bewundernswert ruhig. Der Klecks ist weg, bleibt nur der Temmel.

DIE CHINESEN

1988 fielen die Chinesen über Deutschlandsberg her. Sie waren so freundlich und begannen zu kochen. Zur Zeit werden sie von Soja auf Kernöl umgeschult, Schuhplatteln kommt erst im nächsten Jahr dran.

MÜLLEXPORT

Seit mehreren Monaten werden die Hauptverkehrsadern der Steiermark im Grenzbereich - davon bleibt auch die Schilcherstraße nicht verschont - durch eine ungewöhnlich große Anzahl von vollbeladenen Schwerfahrzeugen verstopft. Die größten Speditionsfirmen des Landes sind nach einem Auftrag des Landtagspräsidenten damit beschäftigt, die Vergangenheit der letzten 60 Jahre sorgfältig abzutragen und mit allen verfügbaren Belastfahrzeugen ins Ausland zu bringen.
In den ausländischen wilden Mülldeponien soll angeblich noch immer Platz genug für eine Endlagerung der toxischen Stoffe sein. Zugedeckt und geruchlos gemacht wird der Müll mit mehreren Fuhren Gegenwart, die den meisten Steirern ohnehin nicht abgeht.

OFFENE RECHNUNG

Gestern zählten wir die Lenze unseres Lebens. Wir addierten und multiplizierten und dividierten und zogen Wurzeln, aber es kam nicht viel dabei heraus. Unterm Strich blieben zwei Herbste, die nirgends mehr unterzubringen waren. Denen nahmen wir auch noch die Geldbörseln weg, und siehe da: kein einziger Stiel, der einen Besen abgeben hätte können, verblieb in unseren Händen. So konnten wir nicht einmal den darauffolgenden schweren Winter vor unserer Haustüre wegkehren. Die Weinebene verwandelte sich in eine weiße Wüste, in der sich Stürme aus Kärnten austobten.

ENTSCHEIDENDES GUTACHTEN

Schon seit Jahren verkehren Wolfram S. aus Pölfing und Andreas K. aus Aug bei Wies nur wenn es sein muß miteinander, im Wirtshaus. Bei solchen Anlässen erscheinen sie in der Regel immer vollständig, das heißt, S. mit einem Schlagring und K. mit einem Hirschfänger. Seitdem Wolfram S. jedoch zusätzlich mit einer ärztlichen Bescheinigung für eine schwere Neurose aufwarten kann, geht ihm Andreas K. geflissentlich aus dem Weg. Denn gegen ein Gutachten vom Sachverständigen Dr.Dr.Zigeuner hat selbst Andreas K. keine Chance mehr.

GEHEIMPOLITIK

Als die österreichische Auslandsverschuldung in den 80er Jahren unabsehbare Formen annahm, die Defizite der Verstaatlichten Industrie nicht mehr finanzierbar waren und der Fremdenverkehr durch den Verfall des Dollars selbst verfiel, verkaufte die Bundesregierung die Bundesrepublik Österreich in einem Geheimabkommen an den Coca Cola Konzern, der schon länger einen günstigen Steuerabschreibposten gesucht hatte. Die Steiermark wurde aufgrund der guten Beziehungen des Landeshauptmannes zu Arnold Schwarzenegger in einem 20-jährigen Leasing-Vertrag an die Disneyland GmbH verliehen, deren Hauptaktionäre die Kennedys sind. In diesen Verträgen verpflichten sich die österreichischen Spitzenpolitiker, die Tradition der Erwirtschaftung von steigenden Staatsdefiziten fortzuführen und somit die Abschreibungsmöglichkeiten der US-Konzerne zu garantieren. Damit sicherte die österreichische Scheinregierung die Identität des Landes und den kontinuierlichen Ausbau Österreichs zu einem Cola-Testgelände mit dem Vergnügungspark Steiermark.

KUNSTWACHS

Nachdem sich der steirische herbst, die Steirische Kulturinitiative und das Kulturreferat des Landes Steiermark schon seit Jahren bemüht hatten, nicht nur Graz, sondern die ganze Steiermark zur Stätte der Kunst zu machen, lud man gemeinsam den weltberühmten Verpackungskünstler Christo ein, damit er den Bekanntheitsgrad des Landes durch eine seiner spektakulären Aktionen steigern möge. Es war ein typisch frostiger Winter, als der Künstler mit seinem Privatjet aus Florida angeflogen kam. Er machte sich sofort erbötig, die gesamte Steiermark zu verpacken, was die Kulturbosse schließlich von ihm erwarteten. Leider arbeitete er erstmals nicht wie üblich mit Tüchern, sondern mit heißem Wachs. 6 Megatonnen heißes Wachs ließ er auf die Steiermark schütten, die sofort erstarrte.
Im darauffolgenden heißen Sommer schmolz zwar die dicke Schicht wieder weg, doch sind die Steirer ganz allgemein auch heute noch an ihren wächsernen Gesichtern erkenntlich, die sehr schnell erstarren; einige starren zeitlebens.

DER KILLER VON GLEINSTÄTTEN

Ein rechtschaffener Postbeamter aus Gleinstätten beschloß eines Tages, nachdem er jahraus jahrein bei allen widrigen und unwidrigen Wetterlagen mit einem Moped die Post klaglos zugestellt hatte, seinem Körper ein einziges freundliches Jahr zu gönnen. Er ließ seinen Körper aufstehen und schlafengehen, wann er wollte, er gab ihm zu essen und zu trinken, wonach er verlangte, er ließ ihn tun und unterlassen, wonach es ihm war, und er bemerkte schließlich, daß es nicht nur seinem Körper, sondern auch ihm selber so gut ging wie nie. Da gab er sich einen Ruck und folgte selbst dem Beispiel seines Körpers.

Er verlebt jetzt ein freundliches Jahr nach dem anderen mit seinem freundlichen Körper. Er stellt keine Briefe mehr zu. Die ehemaligen Briefempfänger erwarten auch keine Post mehr. Sie besuchen dafür den ehemaligen Postbeamten und lassen sich in freundliche Gespräche verwikkeln. Weil er imstande ist, jede Art von Unlust zu vertreiben, nennt man ihn den Killer von Gleinstätten. Er ist dabei, die dunklen Seiten von Gleinstätten auszurotten.

TOTALER SEX

Ein bisexueller Siebenschläfer, der unterhalb des Engelweingartens wohnte, traf bei seinen nächtlichen Streifzügen in den Wildbacher Reben eine Kolonie von Weinbergschnecken, die sich ihres Zwitterlebens erfreuten. "Ihr Ferkel!" rief er ihnen zu, "schämt ihr euch denn gar nicht?"

IN DER EINSCHICHT

Wir erreichten Rothwein, unsere Gedanken schon in der Soboth. Unser Durst zwang uns zu einem Aufenthalt, auf unseren Lippen die bange Frage, wie wir als Weißweintrinker hier bestehen könnten. Rothwein selbst fand die salomonische Lösung: es gab ganz normales Bier in Rothwein.

PRÄZISE AUFFORDERUNG

Hoi! Hoi! Paraglamm! Paraglamm! Hattigatti! Kleimtrabunt! Millipot! Traptapat! Schlickermatt! Tralligunz! Eigelfack! Brettelgack! Eichelschlack! Noch ein Bier!!

WANDERERS NACHTLIED

Voller Erfolg für den Dämmerschoppen der Marktgemeinde Stainz. Noch ehe die Nacht hereinbrach, dämmerte ganz Stainz vor sich hin.

EIN SCHÖNER TOD

Ein Viertel Schilcher, zwei Viertel Schilcher, drei Viertel Schilcher, vier Viertel Schilcher, sechs Viertel Schilcher, neun Viertel Schilcher, elf Viertel Schilcher, elfeinhalb Viertel Schilcher.

Folgende Texte wurden bereits an früheren Orten erstveröffentlicht: *HEIMATLOS Eine steirische Wirtshausoper in einem Rausch* (Graz: Droschl 1985); die Uraufführung mit der Musik von Anton Prestele fand am 22.9.1985 im steirischen herbst in Graz statt. Die hier gedruckte Fassung weicht von der Urfassung 1985 in beträchtlichem Maße ab.

Der Gichtiker in der Weltgegend erschien in einer etwas längeren Variante im Almanach des Residenzverlages 1979 (Salzburg 1979)

Ein Teil der Novellen wurde in einem Sonderdruck *Die liebe Weststeiermark* (Jahresgabe der Lannacher Heilmittel, Lannach) 1987 veröffentlicht; es handelt sich um die auf den Seiten 66, 67, 68, 70, 71, 72, 77, 78, 79, 80, 84, 85, 86, 87, 88, 89, 90, 91, 92, 93, 94, 95, 96, 98, 99, 100, 101, 103, 104, 105, 107, 108, 109, 110, 111, 112, 113, 114, 115, 116, 117 des vorliegenden Bandes gedruckten Texte.

2. Auflage 1989

Umschlagfoto: Doris Gruber
Layout und Satz: MD Design
Herstellung: Grazer Druckerei

ISBN 3-85420-128-1 Normalausgabe
ISBN 3-85420-129-X Sonderausgabe

Verlag Droschl A-8010 Graz Bischofplatz 1

Weitere Bücher von R. P. Gruber im Verlag Droschl

Die grüne Madonna. Roman, mit 18 Skizzen des Autors
124 Seiten, Broschur öS 100,- DM 16,-

Vom Dach der Welt. Schicksalsnovellen
128 Seiten, Broschur öS 120,- DM 18,-

Im Herbst 1989 Neuauflage
Im Namen des Vaters. Roman in Fortsetzungen

Ich heiße Reinhard.
Das P. ist nicht so wichtig, das heißt Peter. Oder Pater.
Sag Reinhard zu mir! Auf Dein ganz persönliches Wohl!
Auf unsere Beziehung!
Ja ... dieser Tropfen. Wie? Küssen müssen wir uns schon. Das gehört zu einer echten Verbrüderung, beziehungsweise Verschwesterung. Wir küssen uns doch? Keine Angst, nur ein Kuß in Ehren ... Wo? Hier. Natürlich. Wo sonst. Hier, genau an dieser Stelle geben wir uns den Bruderschwesterkuß. Ich küsse die Stelle zuerst und zeichne dann einen Rahmen herum, damit du meine Lippen auf keinen Fall verfehlen kannst. Ich verlange ja keinen Zungenkuß. Aber was sein muß, muß sein.
Hier küsse ich die Seite, und du küßt sie wieder und wir sind rechtmäßig und für alle Zeiten auf du und du:

Servus, du!

aus: *Die grüne Madonna*